Titelbild von Berthold Sachsenmaier

.

jon

Am Anfang war der Irrtum

Drei Science-Fiction-Geschichten:

**• Sabotage • Der letzte Tag im Paradies
• Am Anfang war der Irrtum**

Sabotage

Dass sie einen Kriminalisten brauchen würden, hatte niemand vermutet. Als die Siedler auf dem Planeten ankamen, hatten sie mit allem gerechnet: Dass die Wassersuche im sandig-felsigen Boden schwer werden würde, dass die Bodenbereiter nur langsam für fruchtbare Gärten sorgen konnten, dass das mitgebrachte Zellmaterial rascher mutierte, als es für die Ausprägung einer halbwegs funktionierenden Biosphäre gut war. Sogar, dass sie sich einsam fühlen würden, hatten die Siedler in Betracht gezogen, obwohl das bei achtundfünfzig Personen eher unwahrscheinlich war. Sie hatten damit gerechnet, dass diese oder jene Pflanzen- oder Tierart ausstarb, dass wichtige Technik versagte und im Laufe der Zeit immer notdürftiger nur zusammengeflickt werden konnte. Selbst dass nicht alle hier geborenen Kinder überleben würden, war ihnen bewusst gewesen. Aber dass sie jetzt – sechs Jahre nach der Ankunft – einen Detektiv brauchen würden, sprengte all ihre Vorstellungskraft.

Das tat es immer noch, obwohl Lo'Ina schon seit drei Tagen ganz offiziell als Kriminalist ermittelte. Es hatte ein Scherz sein sollen, als er die Schaffung einer solchen Funktion im Ratskreis vorschlug. Angesichts der Probleme, die inzwischen bedrohliche Ausmaße annahmen, hatten sich die Ji'In jedoch geradezu auf diese Idee gestürzt: Endlich hatten sie jemanden, der – ohne sich dessen zu schämen – Misstrauen hegen durfte, ja es sogar von Berufs wegen musste. Damit war für sie dieses Problem erledigt. Und Lo'Ina wurde zum Exot, den man einerseits ob der Last, die er trug, verehrte, den man andererseits ob der seltsamen Dinge, die er nun tat, belächelte. Die Macht des Ka'a – Lo'Ina hatte buchstäblich über alles und jeden uneingeschränkte Befehlsgewalt – wog dieses Gefühl des Bizarr-Seins nicht auf.

Da war es wieder, dieses Gefühl. Ausgelöst von einem alltäglichen Anblick. Ein Mann stand an einer Erzbreche und hantierte an der Maschine. Lo'Ina versuchte, zu erkennen, was der Mann dort tat. Etwas am Mahlwerk war wohl nicht in Ordnung. Wiedermal. Erst gestern war ein Rad gebrochen, weil ein Fixierstift gefehlt hatte. Ein Fixierstift, der nirgends zu finden war, der also entweder ins Erz geraten oder vorsätzlich entfernt und mitgenommen worden war. Am Tag vorher war es an derselben Maschine am selben Treibrad eine Verschraubung, die – die Spuren des Werkzeugs bewiesen es – gelockert worden war. Ein Arbeiter hatte beim sich daraus ergebenden Unfall eine Hand verloren. Es war derselbe Arbeiter, der eine Woche zuvor bei der Explosion an der neuen Brunnenanlage beinahe erblindet wäre.

Kaum jemand in der Siedlung war noch ohne Blessuren. Einiges war eher banal. Blaue Flecke, weil ein bislang friedliches Krtkal gesenkten Hauptes durch den Garten gerast war und dabei nicht nur Pflanzen niedergetrampelt sondern auch den Gärtner umgerannt hatte. Oder die Schürfwunde von Semno'i, der seinem eigentlich zuverlässigen Waxtla auf ein rutschiges Geröllfeld gefolgt, darauf ausgeglitten und dann einen felsigen Abhang heruntergeschlittert war. Manches war auch schlimmer – abgetrennte Glieder, tiefe Fleischwunden, unerklärliche Vergiftungserscheinungen. Und auch die Zahl der Toten war um vieles höher, als bei Siedlungsprojekten wie diesem jemals bekannt geworden war. Die Siedler waren soweit, das Mutterschiff zu rufen und es um Rückkehr zu bitten. Und sie hätten es auch längst getan, wenn sie auch nur noch einen intakten Kommunikator gehabt hätte. Diese Geräte jedoch waren als erste ausgefallen, nach und nach, unaufhörlich. Aber das war lange her.

Der Mann stand noch immer am Erzbrecher. Obwohl er leicht vorgebeugt stand, als hantiere er an der Maschine, war er reglos. Lo'Ina konnte es wegen der Entfernung eher spüren als sehen, aber in den drei Tagen Detektivsein hatte der Ka'a diesen Sinn bereits so verfeinert, dass er sich sicher sein konnte, dass dort etwas nicht stimmte. Obwohl es unklug war, sich in den offensichtlichen Gefahrenbereich zu begeben, lief Lo'Ina zur Maschine. „Fort!", rief er und: „Weg da!" Und tatsächlich erwachte der Arbeiter aus seiner Starre, sah zu Lo'Ina, begriff sichtlich, sah zur Maschine, setzte zum Sprung an und …

… ein markerschütterndes Quietschen zerschnitt die Luft, etwas brach ohrenbetäubend, ein Abdeckblech löste sich vom Brecher und flog in knappem Bogen über den Arbeiter hinweg. Der ließ sich fallen, das Blech schlug sandspritzend kurz von Lo'Ina auf und schlitterte ihm entgegen. Ein Sprung darüber und alles war still.

Totenstill.

Lo'Ina bemerkte seine Gedanken wieder einsetzen, sie galten dem Arbeiter. Der erhob sich taumelnd, Lo'Ina war rasch bei ihm, um ihn zu stützen.

„Ka'a?", murmelte der Arbeiter, Lo'Ina erkennend.

Der Detektiv nickte. Ihm fiel partout nicht ein, wie der Mann hieß.

„Was ist passiert?", fragte der Arbeiter.

„Sag du es mir", erwiderte Lo'Ina.

„Ich?" Der Arbeiter rieb sich die Stirn. Dann drehte er sich zur Maschine um und betrachtete das aufgefetzte Gehäuse. „Ich habe es getan", sagte er tonlos. Er blickte zu Lo'Ina. „Ich habe es getan", wiederholte er. Dann ging ihm wohl auf, was er da sagte, und seine Augen weiteten sich schreckvoll.

Lo'Ina nickte. „Komm", sagte er und nahm den Mann beim Arm. „Gehen wir."

„Wohin?"

„Weg von hier. In die Ratsräume."

Der Mann ging stumm mit ihm. Er setzte sich stumm auf den ihm zugewiesenen Platz und sah stumm zu, wie Lo'Ina in Papieren zu blättern begann. Er wirkte wie tot dabei, als wäre sein Denken und Fühlen erloschen. Vielleicht war es das auch.

Lo'Ina hatte gefunden, was er suchte: Im Dienstplan des Erzbrechers stand für diese Schicht Teno'Xitlan eingetragen. Das war dieser Mann, Lo'Ina erinnerte sich endlich. Er blätterte weiter. Rote Ringel um Einträge in den Schichtplänen und Notizen dazu. Alles Unfälle. Rote Ringel im Log der Medizinstation und rote Ringel im Garten-Log. Alles unerfreuliche Ergebnisse unglücklicher Zufälle. Und kein System darin.

Lo'Ina sah Teno'Xitlan an.

Teno'Xitlan sah Lo'Ina an.

Lo'Ina fragte: „Warum?"

Und Teno'Xitlan antwortete: „Ich weiß nicht." Dann schien er sich zu erinnern. Er sah an sich herab, griff in die Gürteltasche und holte etwas daraus hervor. Er legte es vor Lo'Ina auf den Tisch. Es war eine Schraube.

Lo'Ina blickte auf. Fragend.

„Ich habe es getan, nicht wahr?", fragte Teno'Xitlan.

„Offensichtlich."

„Warum?", fragte Teno'Xitlan.

„Ich weiß es nicht. Nur du weißt es."

„Ich?"

„Wer sonst?"

„Ich weiß nicht. Es war … Ich war nicht dabei, als ich es tat."

Lo'Ina blieb die Frage im Hals stecken.

„Es ist dumm und unglaubwürdig, ich weiß, aber … Das ist es, woran ich mich erinnere. Ich wusste, dass es jemand tat, und ich wusste, dass er dafür meinen Körper benutzte, aber es war mir egal." Er sah Lo'Ina an. So, als hoffte er, dass der Ka'a ihm widersprach.

Lo'Ina widersprach nicht. So etwas hatte er gestern schon einmal gehört. So etwas ähnliches zumindest: Semno'i hatte gesagt, er hätte gewusst, dass der Waxtla den falschen Weg einschlug und ihn über loses Geröll führen würde. Es sei ihm egal gewesen.

„Hab ich …?", setzte Teno'Xitlan an und blickte auf die rot beringelten Papiere.

Lo'Ina folgte dem Blick, sah dann wieder auf. „Nein", sagte er. „Du warst nie nah genug."

„Ich habe nie ... so etwas erlebt", sagte Teno'Xitlan. „So eine Abwesenheit. Glaubst du, dass ich krank bin?"

„Nicht mehr als jeder andere." Er spürte Teno'Xitlans Erleichterung. „Halte dich fern von Maschinen!" Er erhob sich. „Du kannst gehen. Erhole dich! Ich komme in ein, zwei Tagen zu dir."

Teno'Xitlan nickte, stand auf und ging eilig.

Lo'Ina sah auf die roten Ringel herunter. In ihm reifte eine Idee ...

*

Die Steine hielten, was Lo'Ina sich von ihnen versprochen hatte. Ihm war aufgefallen, dass es eine Gruppe von Maschinen gab, die nie von Unfällen betroffen war: die Gräber im Stollen zwei. Ein heller durchscheinender Kristall durchzog dort den Fels – Lo'Ina hatte ihn vor zwei Tagen brechen und die Brocken an allen sensiblen Stellen in der Siedlung verteilen lassen. Seitdem lief alles nahezu reibungslos ab. Selbst die Pflanzen in den Gärten gediehen zufriedenstellend. Manchmal klagte ein Arbeiter oder Gärtner über ein leichtes Gefühl von Desorientierung und unterbrach – einer Anweisung des Ka'a folgend – sofort seine Arbeit. Das Gefühl legte sich rasch, sobald er den Arbeitsplatz verlassen hatte, und schon zwei, drei Stunden später war alles wieder in Ordnung.

Nur bei Teno'Xitlan nicht. Wann immer er auch nur in die Nähe einer Maschine kam, fiel er in eine Art Trancezustand, aus dem er nur befreit werden konnte, wenn man ihn fortführte. Diesmal war es

Lo'Ina, der ihn am Arm gepackt hatte und Schritt für Schritt aus dem Bereich des Bodenbereiters geleitete.

„Jetzt!", sagte Teno'Xitlan plötzlich und sah Lo'Ina an. „Jetzt."

„Und?"

„Du hattest Recht. Es ist wie eine Stimme in mir, die sagt, ich solle zum Bereiter gehen."

„Komm ein Stück vor."

Teno'Xitlan tat es. „Sie ist noch da."

„Sagt sie, warum du gehen sollst?"

„Weil ich Schicht habe."

„Sag ihr, dass du freigestellt bist."

„Sie sagt, ich muss die Kristalle wegräumen, weil sie mich verletzen."

Lo'Ina lächelte.

„Sie sagt, ich muss schlafen. – Das ist ziemlich unlogisch, oder?"

Lo'Ina nickte finster lächelnd. „Völlig unlogisch. Halt dich daran fest! An der Logik."

„Es ist unlogisch, die Steine wegzuräumen", sagte Teno'Xitlan in Lo'Inas Richtung und es klang wie eine Frage.

„Ganz und gar."

„Warum will ich es dann tun?"

„Frag die Stimme!"

„Die …?"

Lo'Ina wollte plötzlich lachen. Er fühlte, wie sein Körper lachen wollte, ohne dass es einen Grund gab. Das war unlogisch. Dann sagte eine Stimme in ihm: „Lach trotzdem!" und er dachte: „Nicht ohne Grund." und sie sagte: „Lach trotzdem!" und er dachte: „Nicht ohne Grund." und sie sagte: „Lach …

… und dann war ein Schrei in seinem Kopf, aber es war nicht seiner, und die Stimme hinkte fort.

„Alles in Ordnung, Ka'a?", fragte Teno'Xitlan. Er hielt ihm einen weißlichen splittrigen Kristall unter die Nase.

Lo'Ina sah den Mann an. „Ja." Er wusste plötzlich, dass er den Wahren Herrschern des Planeten begegnet war, und wusste zugleich, dass nicht er das dachte, denn wären sie wirklich Herrscher, hätte er sie nicht besiegen können. Trotzdem nannte er sie so, als er dem Ratskreis davon berichtete.

Und selbst viel später, nach weiteren Kämpfen und zahlreichen gescheiterten Kontaktversuchen, nach missglückten Experimenten von Zusammenarbeit und nach weiteren Toten auf beiden Seiten, selbst in jener Zeit noch, als die beiden Völker längst Partner waren, nannten die Kara diese Wesen ohne Fleisch und Kontur noch immer so: die „Wahren Herrscher Waréns".

Der letzte Tag im Paradies

Eferent war verärgert. Dafür hatte er den Duplikator nicht erfunden! Er wollte etwas entwickeln, das aus Abfällen Rohstoffe erzeugen konnte, vielleicht sogar Nahrung. Er hatte den Mangel, den er als Kind erleben musste, besiegen wollen. Sie sagten ihm, dass er genau das tun könne, hier auf dem Planeten. Deshalb kam er damals mit seiner Frau hierher, auf diese Welt ohne Namen, die in keiner Sternenkarte verzeichnet war. Und zwar nur deshalb!

Das Gartentor knarrte unwillig, als Eferent es öffnete. Der Monteur war wohl noch immer nicht dagewesen, um es zu richten. Eferent betrat das Grundstück und schloss das Tor hinter sich. Ein Vogel setzte sich auf dessen obersten Holm und sah Eferent an. Eferent musste lächeln. Sein Ärger verflog. Beschwingt ging er den Pfad durch das herbstliche Grün, genoss das Farbenspiel der üppigen Blumenrabatten und bemerkte einmal mehr, mit welch liebevoller Sorgfalt seine Frau den Garten pflegte. Der Gedanke erwärmte ihn und mit dieser leichten Stimmung betrat er das Haus.

Seine Frau erwartete ihn bereits im Vorraum.

„Hallo, Tiri", sagte Eferent, während er seine Tasche abstellte. „Ich hoffe, du hattest einen schönen Tag." Er trat zu ihr, um sie wie gewohnt auf die Stirn zu küssen.

Tiriane wich ihm aus. Sie hielt ihm irgendetwas aus Stoff vor die Nase. „Was ist das?"

„Was ist was?" Eferent trat einen Schritt zurück, um das Ding zu betrachten.

Tiriane warf es ihm ins Gesicht. „Überstunden!", rief sie. „Dass ich nicht lache! Wichtige Experimente! Ha! Jetzt ist klar, was du für Experimente machst!"

Eferent hatte das Stoffding genommen und entfaltet. Es war ein Taschentuch, offenbar von einer Frau. „Was … Ich verstehe nicht." Er sah Tiriane fragend an.

„Du verstehst sehr gut, mein Lieber! Das da …", sie zeigte auf das Taschentuch, „… habe ich in deiner Jackentasche gefunden! Das ist wahrscheinlich so was wie eine Trophäe von einer deiner …", sie suchte nach dem passenden Wort, „… Assistentinnen!"

„Ich kenne das Tuch gar nicht, ich …"

„Ach hör doch auf!" Sie drehte sich um und ging ins Wohnzimmer.

Er folgte ihr. „Tiriane, bitte! Ich habe keine Ahnung, wie das da hinkommt oder von wem das ist!"

Sie ging bis ans Fenster und drehte sich um. Eferent konnte im Gegenlicht der zweiten Sonne kaum mehr als ihre Silhouette erkennen. Er trat näher und streckte die Hand aus.

„Fass mich nicht an! Deine Versprechungen, alles gelogen!"

„Aber …" Ärger stieg in ihm auf.

„Du hast versprochen, dass das aufhört!"

„Das habe ich nicht, denn da war nichts, was hätte aufhören können! Tiri, bitte! Warum um alles in der Welt kannst du mir nicht einfach glauben?"

„Wegen dem da", sagte sie und zeigte auf das Tuch, das Eferent noch immer in der Hand hatte.

„Aber ich habe wirklich keine Ahnung …" Er atmete tief durch, um sich zu beruhigen. „Tiri, Schatz! Ich weiß nicht, wie du auf die Idee kommst, ich könnte eine Affäre haben. Oder sogar mehrere Affären. Wer immer dir da etwas in dieser Art erzählt hat: Er lügt. Ich …"

Sie ging an ihm vorbei.

„… weiß nicht, was ich noch tun soll, damit du mir glaubst."

Sie blieb stehen, wandte sich um. „Weißt du", sagte sie seltsam sachlich, „vielleicht würde ich dir sogar verzeihen. Wenn du es zugeben würdest. Aber dass du mich so anlügst … Nein, Eferent, das ist einfach zu viel."

Sie ging noch am selben Abend. Ihre Taschen hatte sie offenbar schon am Tage gepackt. Sie werde zur Farm fahren, hätte dort einen Arbeitsplatz bekommen, teilte sie ihm mit. Er fragte nicht, wann sie sich darum gekümmert hatte. Er fragte gar nichts, sagte nichts. Er fühlte sich wie betäubt, hatte nicht einmal mehr die Kraft, um Verstehen zu ringen. Als draußen die Tür schlug, ließ er sich auf einen Sessel fallen. Dort saß er am Morgen immer noch.

Als vom Schlafzimmer her das Signal des Weckers zu ihm durchdrang, erhob sich Eferent, ging ins Badezimmer und erledigte seine Morgentoilette. Er zog frische Kleidung an, verließ das Haus und ging ins Institut. Mechanisch erwiderte er die gelegentlichen Grüße, mechanisch legte er seine Jacke ab und zog den Kittel über. Er betrat den zukünftigen Steuerraum des Duplikators und begann, die Sensoren abzugleichen.

Gegen Mittag konnte er einen Testlauf starten. Er trug einen Probekörper in die Ablesekammer, setzte die Temperierung in Gang und ging zurück zum Steuerpult.

„Du bist schon fertig?", fragte ihn jemand von hinten.

Eferent sah sich kurz um. Gufan war eingetreten. In der Hand hielt er eine dick belegte Brotscheibe, die er offenbar gerade zu essen beabsichtigte.

„Und?", fragte Gufan. „Geht's?"

Eferent sah auf die Anzeigen und regelte etwas nach.

„Wenn du alles allein machst, werden die dich gar nicht mehr weglassen. Keiner kennt die Anlage so gut wie du."

„Ich habe sie entworfen", erwiderte Eferent und schloss die Simulationskonsole an.

„Stimmt." Gufan biss von seinem Brot ab. „Hm!", machte er. „Dasch isch gutt!"

Eferent startete die Simulation.

„Wiescho", nuschelte Gufan, „kühlscht du no ab?"

Eferent drehte sich zu ihm um. „Wieso ich es abkühle?"

„Scha." Er schluckte. „Ja. Ich denke, es geht auch so."

Eferent verstand nicht. „Die Ablesung wird zu ungenau, wenn die Moleküle zu sehr in Bewegung sind."

„Aber Lokarin hat doch gestern die Toleranzen verringert."

„Lokarin? Der hat nur das neue Modul einge-baut."

„… und damit die Toleranzen verringert. Das war doch deine Idee." Er sah Eferent fragend an. „Oder?"

Eferent zögerte. Natürlich hatte er mal so etwas gesagt. Damals war vom Duplizieren von Waffen-steuerungen die Rede gewesen, Nanoelektronik, bei der die Ablesung hochpräzise sein musste.

„Lokarin und sein Team haben die neuen Module extra dafür gebaut", sagte Gufan.

„Das wusste ich nicht."

„Willst du mich veralbern? Das halbe Institut ar-beitet doch deinem Projekt zu!"

Eferent musterte Gufan. Der meinte das ernst. Vielleicht hatte er sogar recht. Wenn Eferent es sich bedachte, dann bekam er in der Tat immer innerhalb kürzester Zeit genau die Bauteile, die er brauchte. Er hatte angenommen, dass die Institutsleitung einfach gute Verbindungen pflegte und das jeweils Passende in einer der vielen Nagha-Republiken auftrieb.

„Du bist heute nicht ganz bei der Sache, oder?", fragte Gufan.

Eferent wandte sich ab.

„Was ist? Du warst ja nie gesprächig, aber heute bist du geradezu stumm."

„Ich … habe nicht gut geschlafen."

„Hat Tiris Schlummertrunk versagt?" Gufan ki-cherte anzüglich.

„Sie … Sie ist verreist."

„Mhm." Er kaute schon wieder. „Allein?"

„Ja." Eferent versuchte, das Thema zu wechseln. „Es ist zu früh."

„Dasch schie verreischt isch?"

„Der Duplikator. So eine große Anlage zu bauen."

„Aber …" Gufan schluckte hörbar. „… wir brauchen so große Kammern, damit die Teile dupliziert werden können. Nur wenn wir möglichst umfassende Module herstellen, lohnt sich der Einsatz als Waffenduplikator. Die Einzelbauteile könnten wir auf herkömmliche Weise billiger und schneller herstellen, es ist die Montage, die so viel Zeit kostet. Und die Prüfungen, ob alles korrekt ist. So stellen wir in die eine Kammer ein geprüftes Modul, füllen die Rohstoffkammer und auf Knopfdruck gibt es das perfekte Duplikat. Und wenn wir die Steuermodule auch noch …"

„Gufan!" Mit einem Handschlag auf den Notknopf stoppte er die Simulation. „Ich weiß, wie mein Duplikator funktioniert, Gufan. Er ist nur nicht für so was gemacht."

„Für was? Für Waffen? Es ist Krieg, Eferent!"

„Ich weiß. Ich meinte auch, er ist nicht für so grobe Sachen gemacht. Maschinen kann man auch so herstellen, Anlan hat genug Rohstoffe dafür."

„Anlan? Da wird seit Jahrzehnten kein Rohstoffabbau mehr betrieben. Das Zeug kommt aus den anderen Nagha-Republiken."

„Wie auch immer, es gibt jedenfalls genug."

Gufan nahm einen weiteren Bissen von seinem Brot und nuschelte: „Noch."

Eferent sah ihn fragend an.

„Naja." Gufan schluckte den Bissen runter. „Gestern haben die Kallianer die Seiten gewechselt. Hab ich gehört."

„Aha", sagte Eferent. Er konnte nicht einschätzen, was dieser Schritt Kallians bedeutete, wusste nur, dass es nicht die erste Welt war, die sich von den Nagha-Republiken lossagte.

Gufan stopfte sich den Rest seines Brotes in den Mund.

Eferent regelte die Temperatur in der Ablesekammer hoch und begann eine neue Simulation. Während er die Daten beobachtete, versuchte er, nicht an Tiriane zu denken. Stattdessen überlegte er, ob er einen Kallianer kannte. Nicht aus dem Institut jedenfalls, so viel konnte er mit Sicherheit sagen, er wäre ihm allein schon durch seine Größe aufgefallen. Die meisten Leute, die Eferent kannte, gehörten zu einander sehr ähnlichen Völkern.

Einen Moment lang erschien ihm das logisch: Auf Anlan gab es nicht viele Fremde und seit er nach dem vorfristigen Studienabschluss hierher gekommen war, waren er und Tiriane nie von diesem Planeten fort gewesen. Das war eine der Bedingungen gewesen, hierher kommen zu dürfen, denn die Nagha-Allianz hatte nicht deshalb den Planeten so aufwändig an einen versteckten Ort transportiert, dass irgendein Urlauber dessen Existenz im Rausch der Fröhlichkeit ausplauderte.

Eferent war diese Bedingung egal gewesen, Tiriane dagegen hatte nur ihm zuliebe eingewilligt. Sie wollte seiner beruflichen Chance nicht im Weg stehen. Sie hatte sogar ihren eigenen Beruf aufgegeben, obwohl sie die Arbeit mit den Tieren wirklich liebte. Jetzt war sie wieder bei ihnen, bei den Tieren.

„Ich könnte noch eins vertragen", sagte Gufan.

„Was?"

„So ein Brot. Das ist wirklich lecker. Schon deshalb würde es sich lohnen, bei der Anlage zu bleiben. Die Kantine in diesem Trakt ist einfach besser."

Eferent antwortete nicht. Die Simulationsdaten, die über den Konsolenbildschirm huschten, forderten seine Aufmerksamkeit. Sie waren exzellent, viel besser als er nach den Versuchen in der kleinen Anlage vermutet hätte. Er brauchte das Lokarin-Modul unbedingt auch dort.

*

Eferent öffnete das Gartentor. Es knarrte. Das Geräusch schien den winterlichen Garten noch trostloser zu machen. Seit die zweite Sonne tagsüber kaum noch über den Horizont stieg, wirkten die Pflanzen blass, fast grau. Verblühte Blumen standen wie braune Erinnerungen an bessere Zeiten in den Rabatten und die Anlanische Riesenbalte, die Tiriane so liebte, ließ ihre Nadeln auf Beete und Wege rieseln. Sie gab den Blick frei auf ein Nest, an dem ein Vogel, den nahen Frühling schon im Blut, emsig baute.

Eferent, das Tor noch in der Hand, stand einen Moment lang da und beobachtete den Vogel. Es wirkte paradox, dass das Tier inmitten dieser Trostlosigkeit ein Nest baute. Wer würde hier schon bleiben wollen. In diesem Grau und Braun und der Leere. Der Vogel hielt bei seiner Arbeit inne und äugte zu Eferent herunter. Der wich dem fragenden Blick aus und ging ins Haus.

Auch das Haus war grau und braun und leer. Eine feine Staubschicht hatte sich auf die Möbel gelegt, ein alter Blumenstrauß stand vertrocknet auf dem Esstisch und ließ Blütenblätter auf die weiße Tischdecke rieseln. Eferent floh vor diesem Anblick in seine kleine Bibliothek.

Ein offenes Buch empfing ihn dort. Er hatte es am Vorabend wahllos aus dem Regal genommen, so wie er seit Tagen wahllos ins Regal gegriffen hatte, um Ablenkung zu finden. Diesmal war es ein Bändchen über die Einsatzmöglichkeiten von Tallantin. Ein Superrohstoff, der Metalllegierungen ganz nach Wunsch härten oder weicher machen konnte, der zahlreiche chemische Prozesse katalysierte und sogar in der Medizin vieler Völker Erstaunliches bewirkte.

Eferent las an der Stelle weiter, wo die Autoren darüber spekulierten, warum Tallantin auf so wenigen Welten vorkam. Die meisten Planeten, die einst von der Schöpferrasse terraformt worden waren, ähnelten sich so sehr, dass auch die Rohstoffe in vergleichbaren Anteilen vorhanden waren. Ganz Kühne behaupteten deshalb sogar, dass nicht nur die Biosphäre dieser Welten von den Schöpfern eingerichtet worden war, sondern sogar die Planeten künstliche Produkte darstellten. Die Tatsache, dass man auch weit über das Siedlungsgebiet der Schöpfer hinaus Planeten mit analogen Strukturen gefunden hatte, brachte sie nicht von dieser Idee ab.

Eferent nahm kaum wahr, was er las. Der Schöpfungsgeschichte galt nicht sein Hauptinteresse; er hatte das Buch einst gekauft, weil er damals nach Anhaltspunkten suchte, ob Tallantin die Lösung für das Syntheseproblem seines Duplikators sein konnte. Nun: Es war nicht die Lösung gewesen, er hatte das Problem einfach umgangen, indem er den Konstruktionsprozess des Duplikates neu strukturierte. Sein Interesse für Tallantin jedoch war geblieben.

Als Eferent das Buch durchgelesen hatte, war es früher Abend. Er ging in die Küche und nahm eine der Fertigmahlzeiten aus dem Kühler, um sie aufzuwärmen.

Er bemerkte, dass sein Vorrat, den er erst von wenigen Tagen aufgefüllt hatte, schon wieder zur Neige ging. Er würde morgen oder übermorgen eine neue Bestellung aufgeben müssen. Er empfand das als lästig. Zudem vermisste er die Abwechslung beim Essen und diese kleine Überraschung, die daraus erwachsen war, dass er nie gewusst hatte, was Tiriane ihm vorsetzen würde. Neben den Gerichten, die sie unnachahmlich lecker in der immer gleichen Weise zubereitete, hatte sie oft etwas Neues oder interessant Variiertes aufgetischt. Er hatte das Essen in der Kantine nie als ausnehmend schmackhaft empfunden, aber inzwischen schätzte er diese kleine Spannung bei der Frage, was wohl auf dem Menüplan stehen würde.

Vielleicht, so überlegte Eferent beim Essen, sollte er auch das Abendbrot in der Kantine des Instituts einnehmen. Eigentlich konnte er ganz dorthin ziehen. Die Quartiere im Wohntrakt waren nicht so schlecht, er würde sich nicht mehr um die Verpflegung kümmern müssen und der Weg ins Labor war auch nicht so weit. Abends konnte er sich mit Kollegen verabreden, in die kleine Institutsbar gehen oder ein wenig in der Bibliothek stöbern. Der Gedanke gefiel Eferent, er fühlte sich fast ein wenig beschwingt. Zum ersten Mal seit Tirianes Abreise schlief er ruhig und fest.

Am Morgen traf er Gufan in Eingangsbereich des Institutes. Der ehemalige Kollege schien übernächtigt.

„Na?", fragte Eferent. „Alles in Ordnung? Wie läuft die Produktion?"

„Gut. Sehr gut. Ich musste am Anfang manchmal etwas nachjustieren, aber jetzt läuft alles zufriedenstellend."

„Auch die Duplizierung der Steuermodule?"

„Ja. Deine Modifikationen waren hilfreich." Er blieb stehen und sah Eferent an. „Wir könnten eine zweite Anlage gut gebrauchen, Eferent." Er zog ihn ein Stück zur Seite, sodass sie nicht mehr mitten im Strom der Eintreffenden standen. „Immer mehr Welten werden abtrünnig. Deine Forschung zur Duplizierung von Nahrungsmitteln in allen Ehren, aber wenn wir nicht bald durchgreifende Erfolge erzielen, ist Essen unser geringstes Problem."

„Dann baut doch einfach eine zweite Anlage", sagte Eferent.

„Ohne dich? Das kriegen wir nicht hin."

„Ihr müsst doch nur die erste Anlage nachbauen", erwiderte Eferent betont verwundert.

„Das haben wir versucht, aber ... Ich habe alles so gemacht, wie ich es bei dir gesehen habe und nach deinen Plänen und so, aber … Es funktioniert einfach nicht."

Eferent hatte Mühe, nicht zu lächeln. Natürlich funktionierte es nicht: Die Pläne waren nicht vollständig und er hatte Gufan nie alle Feinheiten erklärt. Er war verschnupft gewesen, dass das Institut einfach angeordnet hatte, dass er den großen Duplikator zu bauen habe. Und als Eferent bewusst wurde, dass das eine Forderung der Anlanischen Regierung gewesen war, hatte er die Taktik, sich unentbehrlich zu machen, nicht nur nicht aufgegeben, sondern noch verfeinert. An sich lagen ihm Intrigen fern, aber er hatte im Studium erlebt, wie ein genialer Forscher aus seinem eigenen Projekt gedrängt und durch einen anderen ersetzt worden war. Das würde ihm nicht passieren, dazu war ihm der Duplikator zu wichtig. Er war kurz davor, auch hochkomplexe Moleküle kopieren zu können. Eiweiße zum Beispiel, Aromen und andere Substanzen, die in Nahrungsmitteln vorkamen.

„Soldaten könnten wir auch brauchen", sagte Gufan und seufzte. „Daran könntest du forschen."

„Soldaten", wiederholte Eferent. „Das ist nicht dein Ernst."

„Ich weiß, das ist im Moment noch zu kompliziert", räumte Gufan ein. „Aber ...", er nickte einem Mann zu, den Eferent nicht kannte, „... das ist sicher nur eine Frage der Zeit." Er sah Eferent fragend an. „Oder?"

Eferent versuchte, sachlich zu wirken. „Wahrscheinlich. Viel Zeit. Wer war das eben?", lenkte er ab. „Ich hab ihn noch nie hier gesehen."

„Olrahn? Er ist mein Verbindungsoffizier zum Oberkommando."

„Deiner?"

„Was?"

„Du sagtest, er sei dein Verbindungsoffizier."

„Unser Verbindungsoffizier natürlich. Ich als Projektleiter habe mit ihm nur am meisten zu tun. Entschuldige, ich muss zur Tagesbesprechung. Wir treffen uns sicher bald mal wieder."

„Ja", erwiderte Eferent.

Gufan eilte davon, offenbar Olrahn hinterher.

Eferent schlug den Weg zur Institutsverwaltung ein, um dort seinen Umzug zu beantragen.

*

Der Frühling färbte den Institutspark grün. Eferent ging oft darin spazieren, genoss die zurückkehrende Wärme und lauschte dem Balzgesang der Vögel. Es erinnerte ihn an seine ersten Studienwochen, als er sein Glück über das großzügige Stipendium noch immer kaum fassen konnte. Er, der Junge aus dem ärmsten Viertel von Anlans Hauptstadt, durfte nicht nur sein Traumfach Molekularingenieurstechnik studieren, von den großzügigen Geldzuwendungen konnte er sogar noch seine Familie unterstützen. Damals hatte er auch Tiriane kennengelernt. Es wäre schön gewesen, mit ihr diesen Frühling genießen zu können, aber Eferent musste sich eingestehen, dass er aufgehört hatte, auf eine Nachricht von ihr oder gar ihre Rückkehr zu warten.

Und noch etwas anderes hatte sich verändert: die Stimmung im Institut. Die militärischen Niederlagen der auf nur noch wenige Welten geschrumpften Nagha-Allianz drückten auf die Gemüter. Zum einen hatten immer öfter Mitarbeiter den Verlust von Angehörigen zu beklagen, zum anderen machte es mutlos, dass auch die scheinbar beste militärtechnische Neuerung an der zahlenmäßigen Übermacht der Gegner verpuffte. Der Name des Planeten, auf dem der Krieg begonnen hatte, war zu einem Fluchwort geworden.

Dabei hatte Anlan vor so unendlich scheinender Zeit ausgesprochen hoffnungsfroh die Verhandlungen mit Kreutan aufgenommen. Man hatte angeboten, dort eine effektive Tallantinförderung aufbauen zu helfen. Kreutan hatte dankend abgelehnt. Die Kreutaner wollten das Tallantin nicht abbauen, auch nicht, als man ihnen vor Augen führte, welcher Reichtum ihnen damit entging. Das überschattete die Gespräche über den Beitritt Kreutans zur Allianz, vor allem aber stieß es bei einigen Industriellen auf großes Unverständnis. Sie schlossen sich schließlich zu einem „Konsortium zur Landerschließung" zusammen, erlangten als dieses Handlungsrechte in einer der Kreutanischen Steppen und begannen dort, eine Tallantinförderanlage zu errichten. Noch während diese gebaut wurde, griffen Nomaden die Arbeiter an, worauf Anlan Militär abstellte, um seine Bürger zu schützen. Dies wiederum rief Kreutanische Truppen auf den Plan, die die Anlanischen Nachschubschiffe angriffen. Anlan verstärkte deren militärische Eskorte. Im Gegenzug mischte sich Kreutans Nachbarwelt Talmhan in den Konflikt ein, auf kreutanischer Seite natürlich. Anlan aktivierte das Nagha-Beistandsprotokoll, woraufhin zwei der äußeren Republiken aus der Allianz austraten und sich gegen die ehemaligen Partner stellten. Und das war nur der Anfang gewesen.

Eferent seufzte und beendete seinen Morgenspaziergang. Er ging in sein Quartier im Wohntrakt des Instituts zurück, holte seinen Kittel und das Notizbuch und war wenig später in seinem Labor.

Seit Gufan zum großen Duplikator gewechselt war, arbeitete Eferent allein. Gelegentlich hatte das Institut ihm Assistenten geschickt. Eferent versuchte, ihnen so wenig Einblick wie möglich zu gewähren. Die meisten kamen sich deshalb schnell überflüssig vor und baten um Versetzung, andere gaben sich eigenen Forschungen hin und bezogen schnell andere Labore. Auch Eferents Bedarf an neuen, speziell konstruierten Bauteilen sank, sodass auch die daraus entstehenden Kontakte immer seltener wurden.

Eferent hatte sich angewöhnt, die nötigen Modifikationen an der Anlage ganz in Eigenregie durchzuführen. Das kostete zwar Zeit und hatte ihn zu allerlei technischen Studien veranlasst, aber so blieb alles in seiner Hand. Auf diese Weise hatte er das Lokarin-Modul so weit verbessert, dass er hochkomplexe Strukturen schon bei Zimmertemperatur duplizieren konnte.

Diesmal wählte er für den Anfangstestlauf eine Dose Bran. Er hatte sich einen Vorrat davon aus der Kantine mitgenommen. Er mochte das bitter-salzige Getränk, es erinnerte ihn an seine Kindheit. Wenn die Versuchsreihe heute fehlerlos lief, würde er sich bald selbst damit versorgen können.

Der erste Testlauf misslang. Die duplizierte Dose war zwar optisch nicht vom Original zu unterscheiden, der Inhalt jedoch gluckste eher gelartig in das Trinkglas. Eferent nahm eine Probe des Gels, um es zu analysieren. Immerhin entsprach das Bran-Gel in seinen Inhaltsstoffen zu fast hundert Prozent dem Original, nur einer der Zuckerstoffe war geringfügig modifiziert.

Vorsichtig kostete Eferent das Bran-Gel. Es schmeckte ein wenig fad, fast als hätte der Glibber das Salz gebunden, sodass man es nicht mehr so stark wahrnahm.

Eferent schüttete das Gel in den Rohstoffbehälter, warf die Dose mit hinein und klappte die Steuerungseinheit der Ablesekammer auf. Er sah auf den ersten Blick, dass sich einer der Parameter über Nacht geändert hatte. Das passierte nicht zum ersten Mal. Offenbar wirkten sich die Mikroturbulenzen, die beim An- und Herunterfahren der Anlage im Innern der Sensoren auftraten, doch zu störend aus. Eferent regelte die Einstellung nach und startete einen neuen Lauf.

Diesmal gelang der Bran. Auch beim dritten, vierten und fünften Versuch war das Ergebnis perfekt. Eferents Nervosität stieg. Das war die beste Serie, die er bisher erreichen konnte. Er wechselte das Original, duplizierte sein angebissenes Wurstbrot von gestern Nachmittag, prüfte und analysierte und fand keine Abweichung.

Er sah sich um, was er noch duplizieren konnte. Ihm fielen die Kekse ein, die er im Schreibtisch als Reserve hatte, falls er während eines unaufschiebbaren Experiments plötzlich Heißhunger verspüren sollte. Eines der achteckigen Gebäckscheibchen platzierte er in der Ablesekammer. Auch dieser Duplikationsversuch gelang. Eferent verbrauchte alle 18 Kekse, in jedem Durchgang stimmten Original und Duplikat exakt überein.

Eferent fühlte, wie er begann, euphorisch zu werden. Ein Gegentest, er brauchte einen Gegentest! Eferent modifizierte die Einstellungen des Duplikators und sah sich nach einem weiteren Versuchsobjekt um. Er fand nichts. Er beschloss, in der Kantine Nachschub zu holen, und verließ sein Labor.

Auf dem Gang stieß er fast mit Gufan zusammen.

„Eferent! Wie geht es dir? Du bist umgezogen, hab ich gehört."

„Ist näher zum Labor."

„Ist deine Frau doch nicht zurückgekommen?"

„Sie hat zu tun. Die Farm muss jetzt auch die Soldaten mitversorgen."

Gufan beugte sich zu Eferent und flüsterte: „Mir musst du nichts vormachen, Eferent. Ich weiß, dass sie dich verlassen hat."

„Woher …?", setzte Eferent an.

„Du bist umgezogen", erwiderte Gufan mit einer Miene, als erkläre das alles. „Also ich mochte Tiriane, wirklich, aber wenn sie sich wegen eines Taschentuchs so aufregt, dann bist du ohne sie besser dran, mein Freund. Glaub mir, ich kenne die Frauen! Weißt du was? Ich lade dich ein! Wir gehen heute Abend in die Bar und du vergisst einfach mal alle Sorgen. Na, was hältst du davon?"

„Ich …"

„Ach was!", unterbrach er ihn. „Keine Ausrede! Ich hole dich einfach in deinem Quartier ab, in Ordnung?"

„Aber …"

„Also bis heute Abend!" Er deutete noch einen Gruß an und eilte dann weiter.

Eferent sah ihm einen Moment lang irritiert nach. Er hatte geglaubt, seine Geschichte, dass Tiriane nur wegen der Arbeit um den halben Planeten gereist war, hätte funktioniert. Offenbar hatte es sich aber herumgesprochen, dass sie für immer fort war. Die Blicke der Entgegenkommenden wirkten auf einmal mitleidig. Eferent schalt sich einen Paranoiker, niemand hier interessierte sich für seine persönliche

Situation. Er versuchte auf dem Weg zu Kantine, die Blicke zu ignorieren. Es gelang ihm zunehmend besser.

Die Kantine war nur halbvoll. Ein Blick zur Uhr erklärte es: Es war früher Nachmittag, die meisten hatten längst gegessen. Eferent bemerkte, dass er Hunger hatte, und ging ans Buffet. Es machte einen eher traurigen Eindruck, ein Kantinenmitarbeiter räumte die Reste zusammen.

Eferent nahm eine Fleischsuppe und Brot dazu. Am Dessert-Tisch häufte er verschiedene Kuchen auf einen großen Teller. Die obligatorische Dose Bran passte kaum noch auf das Tablett. Eferent hatte etwas Mühe, das alles zu einem Tisch zu balancieren. Die beiden Männer, die dort saßen, schauten erstaunt auf den Kuchenberg.

Eferent lächelte, als er sich setzte, und sagte: „Ist das erste Essen heute."

Das genügte den Männern offenbar, sie wandten sich wieder ihrem Gespräch zu. Eferent versuchte, nicht zuzuhören, bekam aber trotzdem mit, dass die beiden Militärangestellte waren, die irgendwas an der Verteidigungseinrichtung des Planeten bauten. Eferent hatte bis dahin gar nicht gewusst, dass es so etwas gab. Ihm hatte man damals gesagt, dass der Planet gut versteckt war. Die Gründungsmitglieder der Allianz hatten ihn ja nicht umsonst von seinem Stern getrennt, mit künstlichen Sonnen ausgestattet und dann so aufwendig durch das All bewegt. Er sei für nicht Eingeweihte unauffindbar.

Nun ja, es war viel passiert inzwischen. Der einstige Forschungsplanet war zur Waffenschmiede der Allianz geworden, irgendwer würde früher oder später den Weg des Kriegsmaterials bis hierher zurückverfolgen können. Davon, dass ständig Nagha-Republiken abtrünnig wurden und irgendwann vielleicht eine dabei sein könnte, die an der Translokation des Planeten beteiligt gewesen war, ganz zu schweigen.

Eferent stellte fest, dass er ohne Emotion an diese Dinge denken konnte. Während er seine Suppe löffelte, versuchte er sich vorzustellen, was die Anti-Nagha-Liga mit diesem Planeten tun würde. Sicher nicht zerstören, dazu waren die Einrichtungen des Instituts zu wertvoll. Allen voran sein Duplikator. Wenn die Liga erst begriff, dass man mit seiner Hilfe nicht nur Maschinen produzieren konnte … Wenn die Ergebnisse von heute sich bestätigten, war nicht nur Hunger kein Problem mehr, auch Medikamente konnten in großen Mengen hergestellt werden. Gleichzeitig erledigte sich das Abfallproblem, denn man konnte aus buchstäblich allem Neues duplizieren, ohne erst den aufwändigen Weg der Wiederaufbereitung zu gehen. Rein in den Rohstofftank, Knopf drücken, fertig!

„Warum grinsen Sie so?", fuhr ihn jemand an.

Eferent schrak auf. „Was?"

Die beiden Militärmitarbeiter starrten ihn an. „Finden Sie das lustig? Unsere Leute sterben da draußen und Sie lachen sich krumm!"

„Ich lache doch gar nicht", erwiderte Eferent erstaunt.

„Sie denken wohl, Sie sind hier sicher, was? Ihr Wissenschaftsheinis wisst doch gar nicht, was draußen los ist!" Er hob seine Stimme. „Eure paar Waffen nützen uns gar nichts! Aber ihr seid ja zu fein, mehr zu produzieren! Wo ist denn diese tolle Massenfabrik, he?"

„Es ist keine …", setzte Eferent an. Eine Hand, die sich auf seine Schuler legte, unterbrach ihn. Er blickte auf. Gufan.

Gufan sah die Männer an. „Meine Herren, Sie gehen zu weit. Sie haben Ihre Aufgabe zu erfüllen und wir unsere. Mag sein, dass Sie besser wissen, was draußen los, was hier drin los ist, wissen wir besser. Glauben Sie mir: Wir tun unser Bestes."

„Klar", brummte der Wortführer der beiden. „Deshalb hockt ihr auch wie festgeschweißt auf eurer Fabrik, statt weitere zu bauen."

„Glauben Sie mir, wir arbeiten daran. Es ist nur nicht so einfach, wie … wie Sie sich das in Ihrer Naivität vorstellen." Er beugte sich zu Eferent herunter. „Können wir gehen?"

Eferent stellte die Suppenschüssel auf das Tablett und stand auf. Gufan sah fragend auf den Kuchenberg.

„Für heute Nachmittag", sagte Eferent und nahm den Kuchenteller in eine und den Bran in die andere Hand. Das Tablett ließ er stehen, es würde später abgeräumt werden.

Gufan und Eferent trennten sich vor der Kantine. Gufan ging Richtung großer Duplikator, Eferent nahm den kürzesten Weg in sein Labor. Dort angekommen, brauchte er noch einen Moment, um die Verwirrung über das eben geführte Gespräch abzuschütteln. Einen Moment lang wunderte er sich, dass Gufan da gewesen war. Seit er beim großen Duplikator arbeitete, nutzte er eigentlich die Versorgungseinrichtungen des dortigen Traktes. Vielleicht hatte er ja hier zu tun gehabt. Der Gedanke klang plausibel; Eferent machte sich wieder an die Arbeit.

Wenige Duplikationsvorgänge später lehnte sich Eferent auf seinem Stuhl zurück und atmete tief durch. Die Tests hatten ergeben, dass die Parameter vom Vormittag tatsächlich immer zu brauchbaren Duplikaten führten. Eferent beschloss, sich darüber zu freuen, aber es gelang ihm nicht. Irgendetwas fühlte sich falsch an. Vielleicht funktionierte das ja nur bei Kuchen? Eferent wusste, dass das Unsinn war, trotzdem beschloss er, am nächsten Tag das Ganze mit Fleisch und mit Gemüse zu wiederholen.

Er stand auf, warf die Kuchenreste samt Teller in die Rohstoffkammer und griff zum Abschaltknopf. Er drückte ihn nicht. Statt dessen ging er zu den Steuerterminals und trug sorgfältig alle Einstellungsparameter in sein Notizbuch ein. Dann verließ er das Labor, schloss es wie gewohnt ab und verließ das Gebäude.

Wärme und grelles Licht schlugen ihm entgegen. Es roch, als hätte es vor Kurzem geregnet. In den Bäumen des Institutsparks machten die Vögel fröhlichen Lärm. Die Rabatte war frisch bepflanzt, an jedem der Somenien-Büsche prangte eine rote Blüte. Es wirkte seltsam, fast so, als wäre ein Dutzend Mal derselbe Busch gepflanzt worden.

„Feierabend?", riss ihn Gufans Stimme aus der Verwunderung.

„Ja."

„Dann auf in die Bar!"

„Jetzt?" Eferent blinzelte in die Sonnen. „Ist das nicht ein bisschen früh?"

„Du kannst ja eine Tasse Morrum trinken und ein Stück Kuchen essen. Naja", korrigierte er, Eferents Blick offenbar missdeutend, „oder keinen Kuchen. Nach dem Berg von heute Nachmittag hast du den bestimmt über. Komm einfach mit! Zu Hause langweilst du dich doch nur, so allein."

Eferent wollte widersprechen, aber Gufans ganze Ausstrahlung legte nahe, dass er kein Nein akzeptieren würde. Vielleicht war es sogar ganz gut, einfach mal abzuschalten und Kraft für die nächsten Tage zu sammeln. Er musste die Ergebnisse von heute absichern und das würde langweilige Routinearbeit bedeuten.

Die Bar des Institutes war erstaunlich gut gefüllt für diese Tageszeit. Die meisten hatten auch bereits ein alkoholisches Getränk vor sich stehen, nur wenige tranken Morrum. Gufan bestellte sich auch einen, Eferent nahm Bran. Sie setzten sich an einen Zweiertisch am Fenster.

„Du fehlst uns", begann Gufan. „Die versuchen immer noch, einen zweiten Großduplikator zu bauen. Naja, immerhin steht das Ding schon und die versuchen jetzt, alles richtig zu justieren." Er nahm einen Schluck aus seiner Tasse. „Und du? Wie weit bist du gekommen?"

Eferent trank ebenfalls. Der Bran schmeckte fade, als fehle Salz. „Es geht vorwärts. Langsam, aber es geht."

„Langsam kannst du bei uns auch. Wir haben jetzt immer eine halbe Schicht für uns."

Eferent sah Gufan fragend an.

„Forschung", antwortete Gufan. „Naja, so was ähnliches zumindest. Wir schrauben vor allem an den Parametern rum, damit die Ablesung und die Synthese feiner werden. Jetzt können die ihre Waffen samt Steuerelementen ganz ohne Kühlung duplizieren. Letztens haben wir Wasser gemacht."

„Wasser …"

„Naja. Du weißt schon. Wasseraufbereitung auf Schiffen und so. Allerdings wäre ein Duplikator noch zu groß für Kampfschiffe. Aber auf einem Großkreuzer …"

Eferent hörte kaum zu, was Gufan über die Erfolge am Großduplikator erzählte. Diese Stufen hatte er alle längst hinter sich. Ein wenig wunderte er sich, dass man ihm noch nicht auf die Schliche gekommen war, so groß waren die Lücken in seinen Berichten und Plänen nun auch wieder nicht gewesen, dass ein Mann wie Gufan sie nicht irgendwann hätte entdecken und schließen können. Eigentlich hatte Eferent erwartet, dass man ihn zur großen Anlage zurückbeordern würde. Wahrscheinlich kamen die gar nicht auf die Idee, dass Eferent die Lösung der Probleme kennen könnte.

Während Eferent an seinem faden Bran nippte und Gufans Wortgeplätscher lauschte, sanken draußen die Sonnen immer tiefer. Sie begannen, direkt in Eferents Gesicht zu scheinen, drückten frühsommerliche Wärme in die Bar. Eferent spürte, wie er schläfrig wurde. Jemand stellte ihm ein neues Glas hin. Er trank daraus. Es war ein Cocktail. Für einen Moment machte das Brennen im Hals Eferent etwas munterer, aber schon bald döste er ein.

*

Eferent hatte einen wirren Traum: Er lag auf einer Pritsche und konnte sich nicht bewegen. Obwohl sein

Blick starr nach oben gerichtet war, sah er Gufan an der Empfangskammer des Großduplikators stehen und palettenweise blühende Somenien-Stauden herausholen. Eine der Pflanzen nahm er aus ihrem Topf und sah in das Gefäß hinein. Er fragte, ob Eferent Kuchen wolle, und holte einen toten Vogel aus dem Blumentopf. Den wickelte er in ein Damentaschentuch ein und übergab dieses Päckchen an Tiriane. Sie trug eine Militäruniform. Das Batallionsabzeichen begann zu rauchen, glomm auf und schon bald züngelten kleine Flammen daraus hervor. Eferent wollte schreien, aber kein Laut kam über seine Lippen. Schon brannte die Uniform lichterloh. Tiriane sah ihn durch das Feuer hindurch vorwurfsvoll an. Hinter ihr hielt Gufan ein Schild hoch, auf dem sich ein stilisierter Soldat ständig duplizierte, bis das gesamt Schild voll mit Figürchen war. Sie drängelten sich auf der Fläche, begannen, sich zu stoßen und zu schieben, bis die ersten vom Schild purzelten. Jemand sagte „Verdammt, er wacht auf!" und Gufan drückte Eferent das Damentaschentuch vors Gesicht. Fades Bran qoll daraus hervor und lief ihm in Mund und Nase. Eferent rang nach Luft, doch das Bran floss und floss …

Eferent fuhr auf. Er schnappte nach Luft. Die Beklemmung wich. Eferent sah sich um, er war in seinem Quartier im Institut. Durch das Fenster fiel ein breiter Lichtstreifen. Die erste Sonne ging gerade auf, es war sehr früh am Morgen. Eferent ließ sich zurück aufs Bett fallen und schloss die Augen. Er versuchte, sich zu erinnern, wie er nach Hause gekommen war, und stellte fest, dass er offenbar keinen Alkohol mehr vertrug. Er machte sich innerlich bereit, die obligatorischen Nachwirkungen eines durchzechten Abends zu ertragen, und suchte nach den ersten Anzeichen des Katers. Er fand keine. Im Gegenteil: Er fühlte sich überraschend frisch. Geradezu munter.

Er setzte sich auf. Der erwartete Schwindel blieb aus. Was immer ihm Gufan am Abend bestellt hatte, es musste guter Stoff gewesen sein. Er beschloss, ihn bei Gelegenheit danach zu fragen.

Eferent stand auf, machte sich frisch, zog sich an und trat auf den Gang hinaus. Erwartungsgemäß lag er wie ausgestorben. Es war wirklich früh. Eferent erreichte sein Labor, ohne jemandem begegnet zu sein, schloss es auf, trat ein und fuhr die Anlage hoch. Wie gewohnt musste er alle Parameter nachregeln. Dann begann er mit seiner Arbeit.

*

Drei Tage lang führte Eferent Messreihe um Messreihe durch. Was immer er in die Ablesekammer legte – Brot, Wurst, Gemüse, Blüten – wurde exakt dupliziert. Zumindest, soweit Eferent das überprüfen konnte. Er aß und trank sogar von den Duplikaten, ohne irgendwelche Gesundheitsfolgen zu spüren. Immer diffiziler wurden die Produkte, die er duplizierte: Klernbraten, Tiskensufflee, Kalaronsschnee mit Karamellfäden – alles, was die Kantine zu bieten hatte, schickte er durch seine Apparatur.

Dabei wurde er immer unzufriedener. Irgendetwas kam ihm falsch vor. Es war nicht normal, dass alles so glatt lief. Wissenschaft lebte von Rückschlägen. Eferent weigerte sich zu glauben, dass einfach nur die richtige Wahl der Parameter die Lösung sein sollte. Wahrscheinlich waren die Abweichungen so subtil, dass sie mit herkömmlichen Methoden nicht auffindbar waren. Vielleicht würden sie sich potenzieren, wenn er Duplikate duplizierte.

Er tat es, kopierte Duplikate. Ohne Änderung des Ergebnisses. Dann, Eferent hatte die Nacht durchgearbeitet, passierte es: Als Eferent die Empfangskammer öffnete, schwirrte ihm eine Fliege entgegen. Einem ersten Reflex folgend wedelte er mit der Hand, um das Tier zu verscheuchen, dann erstarrte er mitten in der Bewegung. Eine Fliege? Eine lebendige Fliege? Aus der Empfangskammer? Wie … Eferent wagte nicht, den Gedanken weiterzudenken. Statt dessen versuchte er, sich zu erinnern, ob die Fliege vorher in die Kammer geraten war und er sie nur ignoriert hatte. Aber so sehr er sich auch einredete, dass er übermüdet war und sicher einen Fehler gemacht hatte, so wenig glaubte er daran.

Er beschloss, eine Pause zu machen, und ging in die Kantine. Sie war noch verschlossen. Eferent starrte unschlüssig auf das Schloss. Gerade als ihm bewusst wurde, dass er ernsthaft darüber nachdachte, wie er es knacken könnte, hörte er Schritte. Er wandte sich zu ihnen um. Eine Frau und ein Mann in Militäruniform kamen auf ihn zu. Instinktiv trat er einen Schritt von der Tür weg.

Die beiden kamen näher. Die Frau holte einen Schlüsselstreifen aus ihrer Tasche und steckte ihn in das Schloss der Kantinentür.

„Na?", fragte der Soldat. „Auch keine Lust mehr auf die Brote?"

„Wie bitte?"

Der Soldat lächelte. „Geht mir auch so. Ich laufe früh lieber ein Stück und hol mir hier mal was anderes. Die Brote dort sind zwar gut, aber immer dasselbe, oder?"

Die Frau öffnete die Tür und ließ den Männern den Vortritt. Im Raum überholte sie sie und eilte hinter die Theke. „Einen Moment noch", bat sie und hantierte unter der Anlage. Über der Theke ging Licht an und der Morrum-Automat begann zu summen.

Der Soldat nahm sich eine Tasse aus dem Regal und wartete darauf, dass am Automaten das Bereitschaftslämpchen aufblinken würde. „Dieser Gufan ist ziemlich clever, oder?", sagte er, ohne den Blick von dem Automaten zu wenden. „Ich möchte gar nicht wissen, wie der seinen Chef ausgebootet hat."

Eferent verstand nicht.

Das Lämpchen blinkte und der Soldat ließ sich eine Tasse Morrum einlaufen. „Es soll ja für irgend so ein Genie hier gearbeitet haben", erklärte er dabei. „Dann hat er den Duplikator übernommen und ist ein wichtiger Mann geworden. Und zwar sowas von wichtig! Der braucht bloß an etwas zu denken, da tragen die es schon in sein Geheimlabor. Ich habe gehört …", er nahm die volle Tasse, stellte sie auf ein Tablett und rückt an Eferent heran, „… er soll dort schon an Lebendduplikaten forschen."

Eferent wusste nicht, ob er lachen sollte. Gufan? Lebendduplikate? „Das ist … ganz sicher ein Irrtum."

Der Soldat sah ihn an. „Ich hab's nur so gehört. Man munkelt ja auch, dass die Kantinenverpflegung aus dem Duplikator kommt. Das würde die Eintönigkeit erklären, oder?"

„Was reden Sie denn da für einen Unsinn?!"

Der Soldat erstarrte. Seine Leutseligkeit fiel von ihm ab. „Das … Naja … Es ist … Ich dachte … Weil Sie doch auch … Entschuldigen Sie, ich wollte nicht … Entschuldigen Sie." Noch bevor Eferent etwas erwidern konnte, eilte der Soldat aus der Kantine.

Eferent starrte ihm nach.

„Auch Morrum?", fragte die Frau hinter der Theke und holte Eferent damit in die Wirklichkeit zurück.

Er drehte sich zu ihr um. „Ja. Ich nehm mir schon."

Die Frau beugte sich etwas vor und flüsterte: „Können die wirklich Essen kopieren?"

„Nein." Eferent hatte den Eindruck, nicht überzeugt zu klingen. „Nein", wiederholte er deshalb fester. „Ich habe die Maschine entwickelt und glauben Sie mir, der große Duplikator kann das noch nicht. Die sind froh, wenn sie Waffen herstellen können, das ist knifflig genug."

Die Frau blickte skeptisch.

„Gufan kennt die Anlage nicht gut genug. Wenn die so was könnten, würden die mich nicht an der kleinen Anlage forschen lassen."

„Ah", machte die Frau und musterte Eferent.

„Nein wirklich, Sie können beruhigt sein." Er lächelte ihr demonstrativ zu. „Ich bin mit meinen Forschungen zwar schon weiter, aber bisher hat niemand die Ergebnisse abgefragt. Ich würde auch …"

Ein schriller Ton unterbrach ihn. Die Sirene.

„Was ist los?", fragte die Frau erschreckt und sah sich nervös um.

„Ich weiß nicht", rief Eferent, um die Sirene zu übertönen. „Wir sollten zum nächsten Sammelpunkt gehen! Wissen Sie …"

Die Sirene verstummte.

„… wo der ist?", schrie Eferent in die entstandene Stille. Er senkte seine Stimme. „Wo ist der …"

Wieder wurde er unterbrochen. Diesmal von einer Lautsprecheransage. „Das war eine Signalprobe. Bitte bleiben Sie, wo Sie sind, suchen Sie nicht die Sammelplätze auf! Ich wiederhole: Suchen Sie vorerst nicht die Sammelplätze auf! Bitte richten Sie sich darauf ein, im Laufe dieses Tages weitere wichtige Informationen zu bekommen."

Die Frau sagte: „Dass die einen so erschrecken müssen!"

„Naja, es ist Krieg, da sollte man schon sicher sein, dass alles …" Er unterbrach sich, weil die Frau an ihm vorbei sah. Er drehte sich um. Ein Mann mit Kittel kam herein und blickte sich um.

„Suchen Sie was?", rief die Frau zu ihm hinüber.

Er kam näher. Er sah aus wie der Soldat, der eben gegangen war.

„Na, Sie haben sich ja fix umgezogen!", sagte die Frau. „Doch noch eine Tasse Morrum?"

Es war offensichtlich, dass der Mann nicht verstand, was sie meinte. Er erwiderte jedoch nichts, sondern sah Eferent an. „Olrahn möchte mit Ihnen sprechen. Er und Gufan warten in Ihrem Labor." Er ging Richtung Ausgang, warf einen raschen Blick zurück. Offenbar erwartete er, dass Eferent ihm folgte. Der warf einen sehnsüchtigen Blick auf den Morrum-Automaten und tat dem Mann den Gefallen.

„Wir werden den Planeten evakuieren", sagte Olrahn, kaum dass Eferent eingetreten war.

Eferent sah zu Gufan. Der nickte.

„Warum?", fragte Eferent und wandte sich wieder zu Olrahn. „Ich dachte, wir sind hier sicher."

Olrahn machte eine Geste, die Eferent aufforderte, auf dem Hocker Platz zu nehmen. „Im Moment sind wir das", sagte er dabei und setzte sich in den Sessel hinter dem Schreibtisch. „Sie sind ein kluger Mann, Eferent. Das sind Sie doch, oder?"

Eferent machte eine unbestimmte Geste. Was hätte er darauf auch antworten sollen?

„Sie können sich ja denken, dass der Planet früher oder später in den Fokus der Liga gerät. Immerhin kommen von hier fast alle Waffen der Allianz, das bleibt nicht ewig unentdeckt. Wir haben begonnen, Schiffe auszustatten, die wichtige Ausrüstung und Personal zu einem besser schützbaren Ort bringen sollen. Kernpunkt dieser Aktion ist Ihr Duplikator. Wir brauchen ihn in vielfacher Ausfertigung für diese neuen Labore und für die Versorgung auf den Schiffen. Das an sich ist aber nur die eine Seite, wir sind dabei, das zu realisieren. Wir brauchen aber auch Fachleute, die den Duplikator verstehen. Im Betrieb selbst reicht ein Angelernter, aber für den Fall, dass es Probleme gibt, brauchen wir Sie."

„Mich."

„Ja, Sie. Es ist Ihre Maschine. Natürlich haben wir an den großen Duplikatoren sowas wie brauchbare Ingenieure ausgebildet, aber nur Sie wissen wirklich, wie die Dinger funktionieren."

„Gufan weiß es auch", erinnerte Eferent.

„Um der Wahrheit die Ehre zu geben: Er ist zwar gut, aber nicht gut genug." Er sah kurz zu Gufan auf. „Entschuldigen Sie diese Offenheit, aber es ist doch so." Dann blickte er wieder zu Eferent. „Gufan und seine Leute sind gut darin, die bestehenden Maschinen zu warten, aber wenn es mal kniffliger wird, kommen wir ohne Sie nicht aus. Wir brauchen zum Beispiel auch mittelgroße Duplikatoren für die Schiffe und der gute Gufan hat da doch mächtige Probleme, die Dinger zum Laufen zu kriegen." Er sah ihn wieder an. „Nichts für ungut, mein Lieber."

„Das Problem", erwiderte Gufan in Eferents Richtung, „ist die Skalierung. Es ist ja nicht damit getan, dass man alles einfach eine Nummer kleiner oder größer baut."

Eferent versuchte, nicht zu grinsen. Immerhin hatte Gufan das Hauptproblem schon mal eingekreist.

„Die fertigen Maschinen zu eichen", fuhr Gufan fort, „das ist Fleißarbeit, aber die Vorinstallation …"

„Und deshalb", fiel ihm Olrahn ins Wort, „brauchen wir Sie jetzt außerhalb Ihres Labors."

„Aber ich bin noch nicht fertig hier."

„Sie können bei uns weiter forschen. Das sind Sie uns schuldig."

„Ach!" Eferent lehnte sich nach hinten, bis ihm bewusst wurde, dass er auf einem Hocker saß. Er richtete sich wieder auf. „Ich bin Ihnen etwas schuldig? Es ist wohl eher umgekehrt. Immerhin habe ich den Duplikator erf…"

„Na aber!" Olrahn setzte eine tadelnde Miene auf. „Mein lieber Eferent, wir wissen doch beide, dass Sie ohne uns nicht mal eine nennenswerte Ausbildung hätten machen können! Wer hat Sie denn aus dem Dreck geholt? Wer hat nicht nur Ihr Studium bezahlt, sondern Sie und Ihre Familie auch noch finanziell unterstützt? Und wer hat Sie hierher geholt, wo Sie alles für Ihre Forschungen bekommen haben? Und von wem haben Sie es bekommen? – Nein, mein Lieber, die Regierung hat mehr als großzügig für Sie gesorgt! Jetzt sind Sie dran." Er beugte sich etwas vor und senkte die Stimme. „Außerdem wollen Sie doch wohl nicht, dass wir Ihretwegen den Krieg verlieren?"

„Meinet...? Nein, natürlich nicht. Aber ..." Er suchte nach Argumenten. „... ich kann mich wohl nicht teilen! Sie sprachen von Schiffen, also von mehreren Anlagen – ich kann nicht bei allen sein."

„Das lassen Sie mal unsere Sorge sein", antwortete Olrahn, ohne zu zögern.

„Ich lerne für Sie gern noch diesen und jenen an", sagte Eferent betont freundlich und sah zu Gufan. Der wich seinem Blick aus.

„Wie auch immer." Olrahn stand auf. „Eigentlich wollte ich Ihnen auch nur Bescheid sagen. Es wird jemand auf Sie zukommen, wann und wo Sie sich melden sollen." Er machte Anstalten zu gehen.

„Sagen Sie", hielt Eferent ihn auf. „Was wird mit den anderen?"

Olrahn war sichtlich verwirrt. „Welche anderen?"

„Das ... nicht so wichtige Personal. Leute außerhalb des Institutes."

„Ah! Verstehe. Ihre Frau. Keine Sorge, wir evakuieren alle. Natürlich nicht alle an die neuen Forschungsorte, sondern zurück in ihre Heimatwelten. Aber wenn Sie möchten, bitten wir Tiriane, zu Ihnen zurückzukehren."

„Wollen Sie sie auch erpressen?"

„Wieso denn auch, mein lieber Eferent? Nein nein, wir ... haben da andere Möglichkeiten." Damit ging er.

Gufan blieb im Labor zurück.

„Was willst du noch?", fuhr Eferent ihn an.

„Ich verstehe nicht, warum du so wütend bist", behauptete Gufan, wich dabei aber Eferents Blick aus. „Sie haben dir ein Paradies gegeben und wollen jetzt nur ein bisschen Hilfe." Er trat an den Duplikator und tat, als mustere er ihn. „Sie sprengen den Planeten", sagte er dabei obenhin.

„Was?"

„Sie …" Er drehte sich um. „… werden den Planeten sprengen. Natürlich erst, wenn die Feinde ihn gefunden haben und mit ihrer ganzen Flotte herkommen, um unsere Waffenschmiede zu erobern. Annäherungssensoren und so, du weißt schon. Sie nennen es den Großen Plan." Er schnaufte.

„Warum erzählst du mir das?"

„Weil …" Gufan ging zum Schreibtisch und begann, die Dinge darauf hin und her zu schieben. „Wir … waren nie gute Freunde. Wir waren nicht mal Freunde. Du hast … mich … immer spüren lassen, dass ich der Trottel war, den sie dir ins Labor gesetzt haben. Ich …" Er sah Eferent an. „… nehme es dir nicht übel. Ich war ein Trottel. Wahrscheinlich bin ich es immer noch. Aber …" Er straffte sich. „… ich habe eigene Wege gefunden, dir nachzueifern. Sicher nicht in Sachen Erfindungsreichtum, aber in Sachen Erfolg. Die ganze Duplikatorsache ist auch mein Projekt und zwar in größerem Sinn, als dir klar sein dürfte. Ich finde den Gedanken scheußlich, dass das alles mit der Sprengung weg sein soll. Ich will, dass mein Name auch in hundert oder tausend Jahren noch in den Lehrbüchern steht. Aber das geht nur, wenn wir die Duplikatortechnik so perfektionieren, dass sie überlebt. Sie muss Standard-Ausrüstung werden. Verstehst du?" Er hatte sich in Eifer geredet. „In jedem Schiff, in jedem Haushalt muss einer stehen, es muss sie in jeder Größe geben. Und wir beide, Eferent, wir haben die Dinger erfunden! Unsere Namen werden unsterblich sein!"

Eferent sah ihn an. „Darum geht es dir also. Um Ruhm."

„Ja! Was ist so schlecht daran? Du kommst doch auch aus dem Nichts. Sag mir nicht, dass du nie daran gedacht hast, endlich mal wer zu sein!"

„Ich bin wer, auch ohne … Ruhm."

Gufan lachte auf. „Ja, träum weiter! Denkst du, die hätten dir jeden Wunsch erfüllt, wenn du der kleine Pups aus dem Nichts geblieben wärst? Wach auf, Eferent!"

„Du bist ja größenwahnsinnig."

Gufan atmete tief durch. Sein Gesicht nahm einen harten Ausdruck an. „Nein, Eferent, ich bin nur nicht naiv. Du bist der Größenwahnsinnige hier. Glaubst du im Ernst, die brauchen dich noch? Glaubst du im Ernst, die lassen dich …" Er machte eine Geste, die das Labor umschrieb. „… hier allein so vor dich hin wursteln, wenn deine Ergebnisse so wichtig wären?"

„Ich habe einige Fortschritte gemacht …"

„Meinst du den Kuchen? Ich bitte dich! Die Kantine in unserem Trakt gibt schon seit Tagen nur noch dupliziertes Essen aus!"

Eferent starrte ihn an. „Woher …?"

„… ich das weiß?" Er grinste. „Du bist wirklich naiv, Eferent, so naiv." Dann drehte er sich um und ging.

Eferent sah ihm nach. Er hatte Mühe, zu verstehen, was eben geschehen war. Er hatte Gufan immer für einen kleinen, erfolglosen Ehrgeizling gehalten. Das war wohl ein Irrtum: Erfolglos war Gufan offenbar nicht. Er hatte wohl recht viel Einfluss erlangt oder doch zumindest Einblick in wichtige Vorgänge am Institut. Irgendwas Großes lief da und die Evakuierung schien nur ein Bruchteil davon zu sein. Was meinte Gufan damit, dass die ihn in Wirklichkeit nicht brauchen würden? Hatte Olrahn nicht vorher genau das Gegenteil gesagt? Und wieso sollte die Regierung Interesse daran haben, dass Tiriane zu ihm zurückkehrte, oder war das nur so ein Gerede gewesen? Alles war so konfus, so undurchschaubar …

Eferent hatte das Bedürfnis, mit jemandem zu reden. Er dachte an seine Frau. In diesem Moment vermisste er sie so sehr wie an den ersten Tagen nach ihrer Trennung. Er vermisste ihr Lachen. Ihren Duft. Die liebevollen Dekorationen im Haus. Den Garten mit seinen Blumen und den Vögeln und dem knarrenden Gartentor. Er beschloss hinzugehen.

*

Das Gartentor knarrte noch immer. Eine Ranke, die quer über den Eingang gewachsen war, riss mit einem kleinen Knall. Ein Vogel flog erschrocken aus der Riesenbalte auf, kehrte aber sofort zurück, als hätte er etwas Wichtiges vergessen. Alles grünte und blühte so üppig, dass Eferent die Beete nicht mehr unterscheiden konnte, selbst der Weg war schon halb zugewachsen. Ein leichter Sommerwind strich durch die Pflanzenpracht und trug süße Düfte zu Eferent herüber. Er sog sie tief in sich ein. Es fühlte sich paradiesisch an.

Dieses Gefühl wandelte sich, als er das Haus betrat. Dämmern empfing ihn dort und ein Geruch nach Staub. Eferent hatte die Wohnung farbiger in Erinnerung, jetzt war alles wie mit einer graugoldenen Patina überzogen. Auf dem Esstisch in der Küche lagen vertrocknete Blütenblätter, ein Kreis in der Staubschicht zeigte den Ort, wo die Vase gestanden hatte.

Eferent wischte mit der Hand über die Sitzfläche eines Stuhles und ließ sich darauf nieder. Er sah sich um. Alles wirkte wie in Schlaf versunken, als sei es beim Warten auf die Bewohner des Hauses eben mal eingedöst. Käme jemand und würde es wecken, würde es den Staub wie Schläfrigkeit abschütteln und wieder lebendig werden.

Eferent stand auf und ging ins Schlafzimmer. Hier war der Eindruck noch stärker, weil seine Seite des Bettes nicht gemacht war. Fast schien es, als brauche er nur unter die Decke zu schlüpfen, um das Leben in diesem Haus wieder zu aktivieren. Er hörte im Geiste schon Tiriane in der Küche hantieren und singen.

Er setzte sich auf die Bettkante und griff nach dem Telefon. Er rief in der Farm an, ließ sich mit Tirianes Wohnung verbinden.

„Hallo?", meldete sich eine Frau.

„Tiri?", fragte Eferent, obwohl er die Stimme als nicht die ihre erkannt hatte.

„Tiriane ist nicht da. Ich bin Sira. Worum geht's denn?"

„Ich wollte Tiriane sprechen."

„Sie ist nicht da."

„Wann kommt sie denn wieder?"

„Ich weiß nicht, sie ist bei ihrem Mann."

„Bei mir?"

„Wie bitte?"

„Sie sagten, sie ist bei ihrem Mann, aber hier ist sie nicht."

„Rufen Sie aus dem Institut an?"

„Nein, aus meinem Haus."

„Ich verstehe nicht. Sie hat doch gestern früh den Anruf bekommen, dass ihr Mann bei einem Experiment verunglückt ist …"

„Das muss ein Missverständnis sein. Ich bin unversehrt."

„Dann war der Unfall nicht so schlimm? Naja, der junge Mann hat nur gesagt, dass Eferent in die Krankenstation gebracht wurde, weil es einen Unfall gab."

„Was denn für einen Unfall?"

„Ich weiß nicht, der junge Mann wurde unterbrochen. Ziemlich barsch sogar, irgendein Orann oder so hat ihm wohl die …" Mitten im Satz war Stille.

„Hallo?", fragte Eferent. „Hallo?" Keine Antwort. Stattdessen wurde die Verbindung unterbrochen und das Freizeichen war zu hören. „Was um alles …", sagte Eferent und starrte auf das Telefon.

Eine Weile saß er so und wusste nicht, was er tun sollte. Nochmal anrufen? Irgendetwas ließ ihn sicher sein, dass dieser Versuch erfolglos bleiben würde. Zu Tiriane hinfahren, alles aufklären? Aber was aufklären? Dass sie jemand belogen hatte? Aber wer? Olrahn? Warum? Gufan? Nein, Gufan nicht. Außerdem war hinfahren nicht sinnvoll, da sie ja auf dem Weg hierher war. Wenn sie ihn im Institut nicht fand, würde sie wahrscheinlich nach Hause kommen, und sei es nur, um hier zu übernachten. Ja, ganz sicher würde sie das tun. Er brauchte nur hier auf sie zu warten. Der Gedanke beruhigte Eferent. Dann dachte er, er könne sie unmöglich in einem so verstaubten Haus empfangen, und er begann sauberzumachen. Erst spät am Abend war er fertig. Als letztes bezog er die Betten neu. Müde aber zufrieden legte er sich schlafen.

Eferent hatte einen wirren Traum: Er lag in einem Krankenzimmer und konnte sich nicht bewegen. Tiriane umwickelte all seine Gliedmaßen mit Verbänden und als er etwas sagen wollte, band sie ihm auch den Mund zu. Im Hintergrund hörte Eferent Gufan irgendetwas zählen, Olrahn unterbrach in barsch. Ein Mann ohne Gesicht trat an Eferents Bett und sagte: „Soll das in den Rohstoffbehälter?" Gufan sagte: „Er, es ist ein er. Und außerdem ist das das Original, Sie Idiot." Tiriane begann zu weinen, Olrahn ohrfeigte sie. Sie weinte lauter. Und lauter. Und noch lauter …

Eferent fuhr auf. Schmerzhaft gellte der Signalton der Alarmanlage. Eferent hielt sich die Ohren zu. Der Ton verklang. Eferent atmete auf. Er schlug die Decke zurück und schwang die Beine aus dem Bett. Der Boden war kalt. Einen Moment lang überlegte Eferent, was ihn daran störte. Dann fiel es ihm auf: Er war in seinem Quartier im Institut. Obwohl er nicht genau wusste, warum, kam ihm das falsch vor. Das erneute Schrillen des Alarms lenkte ihn davon ab. Er stand auf und ging in die Waschkammer, um sich frisch zu machen. Es gelang ihm nur unvollständig, ein Gefühl von Benommenheit blieb zurück. Unkonzentriert zog sich Eferent an. Dabei kam ihm der Gedanke, dass der Alarm vermutlich eine Bedeutung hatte. Das Wort Sammelplatz drängte sich in sein Hirn und dass die Frau an der Theke nicht wusste, wo der war. Eferent versuchte krampfhaft, Klarheit in sein Denken zu bringen, konnte sich aber nur die Idee abringen, einfach rauszugehen und dort auf Hilfe zu hoffen. Dann sackte er in sich zusammen.

Als er wieder zu sich kam, lag er zu Hause in seinem Bett. Er fühlte ein feuchtes Tuch auf seiner Stirn und empfand Dankbarkeit für die davon ausgehende Kühle. Mit geschlossenen Augen genoss er das Gefühl.

„Bist du wach?", hörte er Tiris Stimme leise fragen.

Er brummte.

Jemand nahm das Tuch weg und ersetzte es durch ein neues, noch kühleres.

Er blinzelte. Über sich sah er verschwommen ein Gesicht. Es lächelte. Er blinzelte noch einmal, seine Sicht wurde klarer. Tiriane. Tiriane? Er fuhr auf. „Was …? Tiri!"

Sie lächelte. „Was machst du nur für Sachen, Ef."

„Tiri! Seit wann bist du hier?

„Ich bin gleich gekommen, als ich den Anruf bekam. Ich dachte, es ist was Schlimmes, aber Gufan sagte, es sei nur ein kleiner Unfall gewesen und du wärst zu Hause und …" Sie stockte.

„Unfall?" Eferent hatte die Empfindung einer vagen Erinnerung, konnte diese aber nicht fassen.

„Gufan sagte schon, dass du vielleicht noch etwas benommen bist. Aber das gibt sich bis zur Evakuierung, sagt er."

„Eva... Ach ja." Er erinnerte sich. „Die wollen den Planeten sprengen." Er schlug die Decke zurück und wollte aufstehen.

Tiriane hinderte ihn daran. „Dir geht es noch nicht gut. Bleib liegen, ich packe inzwischen."

„Packen?"

„Für die Evakuierung. Es kann doch jeden Moment losgehen und da ..."

„Tiri!", unterbrach er sie. „Verstehst du nicht! Die wollen den Planeten sprengen, ihn als riesige Bombe benutzen!"

„Schatz, du bist noch nicht wieder ganz klar. Du musst ..."

Er schob sie beiseite und stand auf. „Oh doch, Tiri, ich bin so klar wie lange nicht mehr. Die haben irgendwas gebaut. Erst locken sie die feindlichen Schiffe an und wenn der Orbit voll ist und die Truppen gelandet sind, dann zündet die Bombe und alle sind hinüber."

„Naja, es ...", sie zögerte, „... es ist Krieg, Eferent."

„Das entschuldigt doch nicht alles! Pass auf, Tiri! Du packst hier weiter und gehst zum Sammelplatz oder wie immer die Sache ablaufen soll! Ich gehe ins Institut und versuche, mit Olrahn zu reden."

„Worüber?"

„Ich muss es versuchen, Tiri, ich muss es versuchen."

*

Der Sommer tauchte alles in gleißendes Licht, strahlende Farbenpracht und betörende Düfte. Eferent ging durch den Institutsgarten und dachte daran, dass Tiriane diese Jahreszeit immer geliebt hatte. Hoffentlich brachte man sie und die anderen Evakuierten auf einen Planeten mit ähnlich üppiger Vegetation. Oder wenigstens in den Tropengürtel von Anlan, der einst Tiris Liebe zur Natur ausgelöst hatte. Hoffentlich vermisste sie ihn nicht zu sehr, ihr weh zu tun, war der schwerste Teil an Eferents Plan gewesen.

Der Plan. Eigentlich war er simpel. Eferent hatte ihn in dem Moment im Kopf gehabt, als Olrahn, statt ihm zuzuhören, damit geprahlt hatte, wie clever alles eingefädelt sei. Sobald feindliche Schiffe in Schussweite des Planeten auftauchten, würde die Automatik Abwehrreaktionen simulieren, die Gegner würden Verstärkung holen und wenn die Sensoren eine größere Zahl Feindschiffe meldeten, würde der Planet von Nuklearladungen zerfetzt werden und alle Schiffe mit in den Untergang reißen.

Jetzt, im hellen Licht, wirkte dieses Szenario doppelt ungeheuerlich. Eferent spürte Trauer darüber, all dies hier zu zerstören. Aber es gab keinen Weg, es zu retten, nicht für ihn. Er hatte erwartungsgemäß keinen Zugang zur Programmierung des Waffensystems erlangen können, irgendwann würde irgendwer die Planetensprengung also auslösen. Eferent konnte nur dafür sorgen, dass es passierte, wenn niemand in der Nähe war. Also hatte er es so eingerichtet, dass ein Störsignal dem System die Annäherung von Schiffen vorgaukeln würde. Das würde die simulierte Abwehr auslösen, die Raketen würden im Orbit erfolglos nach Zielen suchen und ihrerseits als feindliche Schiffe interpretiert werden. Wenn es genug davon gab, würde die Sprengung ausgelöst.

Eferent zögerte, das Institutsgebäude zu betreten. Er drehte sich noch einmal um und atmete tief die Sommerluft ein. Es roch ein wenig, als würde es gleich regnen. Eferent hatte nie wahrgenommen, dass man das riechen konnte, und es schmerzte ihn, nie auf solche Dinge geachtet zu haben.

Dann ging Eferent zum Duplikator. Irgendwer hatte die Gänge üppig mit Naturbildern dekoriert. Ihm war das nie aufgefallen, jetzt nahm er sich Zeit, die Bilder zu betrachten. Je näher er dem Duplikator kam, desto skurriler, beängstigender wurden die Darstellungen. Ihn fröstelte.

Schließlich stand er im Kontrollraum der Anlage. Verstreute Papiere und Essensreste kündeten davon, dass Eferent hier intensiv gearbeitet hatte. Er warf einen Blick auf die Steuereinrichtungen für den Duplikator und dachte daran, dass mit dem Planeten auch seine große Erfindung zerstört wurde. Sicher: Auf den Evakuierungsschiffen gab es ebenfalls Duplikatoren – aber niemanden, der sie weiterentwickeln und bei größeren Störfällen reparieren konnte. Eferent horchte in sich hinein, doch er fühlte nichts bei diesen Gedanken. Weder Bedauern über den Verlust noch Befriedigung darüber, Gufan ein Schnippchen geschlagen zu haben. Selbst die Vorstellung, wie Gufan und Olrahn getobt haben mussten, als ihnen klar wurde, dass Eferent sich zu gut versteckt hatte und sie ohne ihn fliegen mussten, berührte ihn nicht.

Dann drückte er den Knopf.

Einen Moment lang sah Eferent noch auf die Konsole vor sich. Dann ging er nach Hause, dorthin, wo er und Tiri so glücklich gewesen waren, und betrat seine geliebte Bibliothek. Dort setzte er sich vor das Lesegerät und öffnete ein Buch. Er fragte sich, wie lange der Zufallscountdown wohl laufen würde, dann erinnerte er sich, dass er ihn genau deshalb eingebaut hatte: Er wollte nicht wissen, wann es passierte. „Naiv", dachte Eferent, sich an das Gespräch mit Gufan erinnernd, und lachte leise. Er stellte sich vor, wie die ersten Abwehrraketen starteten und im Orbit nichts als die künstlichen Sonnen vorfinden würden. Einen Moment lang wunderte er sich, warum Olrahn nicht intensiver nach ihm gesucht hatte, dann wischte er all das beiseite. Er würde seine restliche Zeit mit Schönerem verbringen. Er würde etwas lesen. Ein bisschen Nagha-Geschichte vielleicht, etwas über die Schöpferrasse, auf die die meisten Völker der Republik zurückgingen. Vielleicht auch einen vergnüglichen Roman oder etwas über …

*

Auf dem kleinen Bildschirm glomm, inmitten der Sterne, ein Licht auf. Es war unübersehbar hell und erlosch rasch wieder. Eferent rief die Spektraldaten des Lichtes ab und verglich sie mit den Werten, die er vorsorglich schon kurz nach dem Start herausgesucht hatte.

„Was ist?", fragte Gufan neben ihm. „Hat die Liga den Planeten gefunden?"

„Ich weiß nicht, es …" Eferent zögerte. „Ich glaube, die haben seine Sonnen abgeschossen."

„Seine Sonnen? Hm. Dann wird es mächtig kalt und dunkel da unten werden, was? Schade um den schönen Institutsgarten, oder?"

„Ja", sagte Eferent. „Schade."

Am Anfang war der Irrtum

„Großvater, Großvater! Erzählst du mir eine Geschichte?"

„Was möchtest du denn hören? Das Märchen von Prinz Steinfaust?"

„Das ist doch was für Babys und Menschen! Ich will was Richtiges hören, das wirklich passiert ist."

„Also eine richtige Geschichte für einen großen Lhalm. Mal überlegen ... Ich weiß schon! Also ... Die Geschichte heißt ‚Am Anfang war der Irrtum' und sie geht so:"

Als ich noch ein junger Lhalm war, nicht viel älter als du jetzt, da gab es in unserem Quadranten der Galaxis nur vier große Sternenreiche. Die Shlk und die Xirini beherrschten die zentrumsnahen Gebiete, dann folgten nach außen hin das Nugromische Großreich und die Interplanetare Föderation. Noch weiter draußen, wo die Sterne immer weniger dicht stehen, gab es nichts. Das heißt, natürlich gab es auch dort schon besiedelte Planeten, aber es waren nur wenige und von den allermeisten wussten wir noch nicht, dass es dort Leben gab.

In jenem Niemandsland am äußeren Rand der Föderation patrouillierten gelegentlich Raumschiffe, um nach dem Rechten zu sehen. Sie stießen manchmal weit in das Niemandsland vor, um die dortigen Sterne und Planeten zu kartografieren und die interessantesten davon zu erkunden. Und eines Tages sandte man auch die Imte Rish mit einem solchen Forschungsauftrag dort hinaus.

Die Imte Rish war damals schon ein berühmtes Schiff. Sie war wendig und schnell wie die kleinen Erkunder, mit hocheffektiven Verteidigungs- und Angriffssystemen ausgestattet und in ihren Arbeits- und Wohnräumen hatte man das Non-Plus-Ultra der technischen Errungenschaften des gesamten Bundes installiert. Und sie hatte eine hervorragende Besatzung, zu der die besten Vertreter fast aller Völker der Föderation gehörten.

„Waren da auch schon Lhalm dabei?"

„Ja, mein Schatz, natürlich. Wir sind ja nicht nur Geschichten-Erzähler, wir sind ja auch berühmte Ingenieure. Aber lass mich weitererzählen …"

Auf der Brücke der Imte Rish war von der bunten Vielfalt allerdings nicht viel zu bemerken. Die drei ranghöchsten Offiziere und der Zweite Navigator waren Sietelaner, der Kommunikationsoffizier und der Erste Navigator stammten von Famay und der Chefingenieur gehörte zu unserem Volk, den Lhalm. Alle diese Spezies sind bekanntlich taschlenn, man kann sie sogar als humanoid bezeichnen. Sie unterscheiden sich in der Behaarung, im Gesichtsschnitt und der Mimik, sehen sich aber sonst sehr, sehr ähnlich.

Im Maschinenraum sah das schon ganz anders aus. Zu dieser Crew gehörten riesige und zwergenhafte Taschlenn, sanft schillernde Achtfüßer, einer der wenigen insektoiden Angehörigen der Föderationsflotte und sogar ein Formveränderlicher. Wer weiß, was passiert wäre, wenn es auf der Brücke auch so bunt zugegangen wäre! Denn eines Tages geschah es ...

„Warum war es auf der Brücke nicht so bunt, Groß-vater? Durften die anderen Spezies nicht komman-dieren?"

„Nein, es war eher Zufall. Es gibt ja auch Schif-fe, wo gar kein Taschlenn zur Brückencrew gehört. Manchmal ist das eben so. Also ...

Die Imte Rish war weit in das Niemandsland vorge-stoßen und wollte grade umkehren, um nach Hau-se zu fliegen, als die Schiffssensoren etwas höchst Seltsames orteten.

„Inwiefern seltsam?", fragte Captain Kral Botmur a Sik seinen Ersten Offizier.

Terinest Kalo a Na, so hieß der EO, starrte wei-ter auf die Anzeigen, während er erklärte: „Es sieht so aus, als würde unser Taststrahl an einem idealen Spiegel reflektiert. Ich erhalte nur das übliche Zwi-schenraumspektrum."

Kral Botmur a Sik rümpfte ...

„Großvater, was ist ein idaler Spiegel?"

„Ein idealer Spiegel, Schatz. Das ist ein Spiegel, der keinen Lichtstrahl verschluckt. Das Bild, das zurückkommt, ist in allen Frequenzen genauso wie das Original. Absorption und Brechung hattet ihr doch schon in der Schule."

„Ich weiß nicht genau ..."

Kral Botmur a Sik rümpfte erstaunt ...

„Und was ist ein Zwischenraumspektrum?"

„Wenn man einen Taststrahl durch den Weltraum schickt, dann werden einige Frequenzen davon durch die Materie ... Ich glaube, ich sollte die Geschichte ein bisschen einfacher erzählen, oder?"

„Ja. Aber sie muss noch stimmen!"

„Aber natürlich, es soll ja schließlich eine wahre Geschichte sein."

Kral Botmur a Sik rümpfte also erstaunt die Nase. Noch während er überlegte, woraus so ein Spiegel gemacht sein könnte, meldete sich der Erste Navigator zu Wort. Er war Famayer und hieß Silakoian Ysh. Silakoian Ysh also grummelte: „Laut Zwischenraumintensität müsste sich das Objekt etwa vierzig Ienel voraus befinden. Die Laufzeit für das modulierte Signal liefert allerdings zweiundzwanzig, Captain."

„Großvater, du wolltest es einfacher erzählen!"

„Was? Ach so ... Ja. Also ..."

Silakoian Ysh grummelte: „Merkwürdig: Unsere Geräte können nicht feststellen, in welcher Entfernung sich dieses Objekt befindet. Die einen sagen, es ist ungefähr vierzig Ienel voraus, die anderen zeigen zweiundzwanzig an."

Captain Kral Botmur a Sik stand auf und trat zum Navigationspult. Er warf einen kurzen Blick auf die Angaben und sagte: „Was um alles in der Welt könnte so einen Effekt hervorrufen?!" Dann sah er fragend zum Chefingenieur.

„War das ein Lhlam, Großvater?"

„Ja, das war er. Das habe ich am Anfang schon erzählt, Schatz, du musst zuhören lernen, wenn du Geschichten erzählen lernen willst."

„Ja, Großvater."

„Gut. Soll ich weitererzählen? – Dann pass schön auf!"

Kral Botmur a Sik fragte: „Was um alles in der Welt könnte so einen Effekt hervorrufen?"

Chefingenieur Nhlanlm zuckte ratlos mit den Ohren. „Vielleicht eine neue Verwirrtechnik der Nugroma", vermutete er.

„Dann müsste sie wirklich ganz neu sein", warf Nera Stegen a Zerkermann ein. Als Zweiter Offizier und Chefin der Sicherheit war sie stets über die Fähigkeiten der Feinde, besonders die der Nugroma, informiert.

„Captain!", meldete sich Silakoian Ysh. „Wir nähern uns dem Objekt – falls es eines ist – mit wachsender Geschwindigkeit. Oder besser ausgedrückt: Es steuert – falls es gesteuert wird – direkt auf uns zu."

„Kollisionskurs?"

„Ja, Captain. Der Kollisionspunkt lässt sich jedoch wegen der verwirrenden Ortung nicht bestimmen."

„Ausweichen!", ordnete Kral Botmur a Sik an und löste damit eine Kette von Ereignissen aus, die diese Episode in die Geschichtsbücher …"

„… Warum kicherst du denn, Schätzchen?"

„Hat der Famayaner wirklich so komisch geredet? Das klingt ja lustig."

„Naja, vielleicht hat er nicht ganz genauso geredet. Aber so ähnlich bestimmt. Famayaner sind deshalb so gute Wissenschaftler, weil sie alles ganz genau nehmen. Und Silakoian Ysh war damals einer der besten Wissenschaftsoffiziere, die es in der Föderationsflotte gab."

„Hast du ihn mal getroffen, Großvater?"

„Ja, mein Schatz, und deshalb denke ich, er hat bestimmt so geredet, wie ich es eben erzählt habe."

„Musste der Captain da nicht lachen?"

„Nein nein, er wusste ja, wie sein EO das meint. Und es ist ja auch gut für einen Captain, wenn er genau erfährt, was los ist. Jetzt zum Beispiel wusste er, dass das komische Ding direkt auf die Imte Rish zu flog."

„Ausweichen!", befahl Kral Botmur a Sik und das war gut so. Denn jetzt, da der Taststrahl seine Richtung änderte, zeigten die Sensoren der Imte Rish ein Nugroma-Kampfschiff an. Der Captain registrierte, dass es sich in reichlich dreißig Ienel Entfernung vor der Imte Rish befand, und ließ schleunigst das Tarnfeld generieren. Er hoffte, dass es nicht zu spät ganz aufgebaut sein würde, denn die Nugroma waren damals nicht so friedlich wie heute.

Während er also angespannt beobachtete, wie das Tarnschild sich aufbaute, entging ihm ein kleines Objekt, das von dem Nugroma-Kreuzer halb verdeckt wurde. Silakoian Ysh, so gestand er später, bemerkte den Reflex zwar, aber ihm blieb zu wenig Zeit, um seine Entdeckung zu überprüfen. Und weil er nicht wusste, was er hätte dem Captain melden sollen, sagte er gar nichts.

„*Das war aber nicht klug von ihm, Großvater.*"

„*Nein, das war es nicht. Manchmal machen eben auch Famayaner einen Fehler. Sie gehören zwar zu den Gründern der Föderation, sind aber nicht unfehlbar.*"

„*Weil niemand unfehlbar ist, stimmt's Großvater?*"

„*Stimmt.*"

„*Darum muss man sowas auch in guten Geschichten erzählen, stimmt's Großvater?*"

„*Richtig. Du hast gut aufgepasst. Aber Silakoian Ysh war nicht der Einzige in unserer Geschichte, der einen Fehler machte ...*"

Die Imte Rish baute also ihr Tarnfeld auf. Dadurch entging ihr zwar das merkwürdige Ding hinter dem Nugroma-Kreuzer und die Hälfte ihrer Fernerkundungssensoren waren nicht einsetzbar, aber so bemerkten die Nugroma nicht, dass sie einen Beobachter hatten.

Ihre Aufmerksamkeit war zudem abgelenkt und zwar von jenem Pünktchen. N'Kogh Nsoi – er war damals frischbackener Captain auf dem Kreuzer Schajo Cha Ngoi – verfügte aufgrund der geringeren Entfernung über bessere Sensordaten über das kleine Objekt und hatte es als unbekanntes Schiff erkannt. Er forderte die Fremden auf, sich zu identifizieren. Mit ziemlicher Sicherheit benutzte er dafür nicht sehr höfliche Formulierungen. Als die Fremden auch nach der dritten Aufforderung noch schwiegen, ließ er die Torpedos bereit machen.

In den Waffensektionen der Schajo Cha Ngoi wurde es hektisch: Die Torpedos wurden scharf gemacht und in die Abschussrohre gebracht, die kleinen Kanonen auf Begleitfeuer eingestellt und zusammen mit den großen Waffen auf das winzige Schiffchen ausgerichtet. Die Kanoniere nahmen an den Pulten Platz und stellten Kampfkommunikation her. Dann meldeten sie Bereitschaft. N'Kogh Nsoi hatte die Meldung bereits erwartet und holte schon Luft, um den Feuerbefehl zu erteilen, als er von seinem Kommunikationsoffizier unterbrochen wurde. Dieser hatte den Eingang einer Antwortsendung registriert und meldete dies nun dem Captain.

N'Kogh Nsoi grinste zufrieden, wie wir annehmen dürfen, und stellte sich in Positur, um den Fremden ein möglichst eindrucksvolles Bild zu bieten. Wir dürfen weiterhin annehmen, dass ihm kurz darauf das Grinsen verging, weil ihm sein Kommunikationsoffizier mitteilte, dass der Computer mit den eingehenden Signalen nicht viel anfangen konnte.

N'Kogh Nsoi legte grübelnd die Stirn in Falten, was bei Nugroma bekanntlich den Ausdruck finsterer Verwegenheit noch zusätzlich verstärkte.

Wie man später in seinen Memoiren nachlesen konnte, gingen dem Captain der Schajo Cha Ngoi etwa folgende Überlegungen durch den Kopf: Da der Computer eines Kampfschiffes jede bekannte Form der Nachrichtenübermittlung in seinen Speichern hat und eigentlich jeden Code knacken müsste oder zumindest erkennen sollte, dass eine Nachricht codiert ist, konnte es sich bei dem Signal nur um die Botschaft einer noch unbekannten Spezies handeln. Und weil N'Kogh Nsoi in seinem gut sortierten Gedächtnis keinen Hinweis auf eine belebte Welt in diesem Raumsektor fand, zog er den richtigen

Schluss, dass die Fremden aus einem noch weiter außen gelegenen Bereich dieses Arms der Galaxis stammen mussten. Falls es ihm – N'Kogh Nsoi – gelingen sollte, die Fremden davon zu überzeugen, sich dem Nugromischen Großreich anzuschließen, könnte das endlich den nötigen strategischen Vorteil gegenüber der Interplanetaren Föderation bringen. Er selbst würde natürlich auch mehr Ansehen bei seinen Vorgesetzten gewinnen.

Also fasste der Captain der Schajo Cha Ngoi den Entschluss, sich etwas in Geduld zu üben und eine vorerst friedliche Verständigung mit den Fremden anzustreben. Eine für damalige Verhältnisse eher ungewöhnliche Entscheidung für einen Nugroma-Krieger, aber wir wissen ja heute, dass N'Kogh Nsoi auch ein ungewöhnlicher Nugroma-Krieger war.

„Er war der Held von Krt-Solal, stimmt's?"
„Ja, mein Schatz."

N'Kogh Nsoi beschloss also, nicht auf das fremde Schiff zu feuern. Dadurch bekam der Erste Navigator der Imte Rish die Zeit, die spärlichen Daten auszuwerten, die durch das Tarnfeld hindurch über jenes rätselhafte Pünktchen zu erhalten waren.

„Eh … Captain?", meldete er sich ganz vorsichtig zu Wort.

Kral Botmur a Sik sah Silakoian Ysh fragend an.

„Ich registriere etwas in der Nähe des feindlichen Kreuzers. Es scheint sich um ein Energiefeld zu handeln, in dem sich möglicherweise etwas verbirgt. Es …"

„Ist das das fremde Schiff?"

„Ja, Schatz. Aber das wusste man auf der Imte Rish ja noch nicht."

„Ach so."

„Es scheint Signale auszusenden", sagte Silakoian Ysh.

„Was für Signale?", wunderte sich der Captain.

Silakoian Ysh blickte Hilfe suchend zum Kommunikationsoffizier Talikisi Oina, der intensiv in seine Kopfhörer lauschte.

„Tatsächlich!", bestätigte der Kommunikationsoffizier schließlich und drehte sich zum Captain um. „Es gibt da ein Signal, aber es ist sehr ungewöhnlich. Es klingt … Es klingt, als gäbe es einen bestimmten Rhythmus darin, aber der Computer wird nicht schlau daraus. Es könnte sich um die Botschaft einer intelligenten Lebensform handeln, Captain."

Kral Botmur a Sik blieb gelassen. Er war schon so lange im Dienst der Flotte, dass er bereits vor Jahren aufgehört hatte, die intelligenten Lebensformen zu zählen, an deren Entdeckung er beteiligt gewesen war. Also sagte er nur: „Geben Sie das Signal auf die Lautsprecher!"

Talikisi Oina kam dem Befehl nach und eine sanft perlende Melodie erklang im Brückenraum. Chefingenieur Nlhanlm schloss verzückt die Augen. In seiner Vorstellung verband sich der Klang mit tiefem Frieden und hoher Weisheit …

„… Du kicherst ja schon wieder."

„Verzückt … hihihi!"

„Ah, ich verstehe! Naja, er war wirklich verzückt. Er hat es mir erzählt, weißt du. Natürlich hat er damals nicht die richtigen Worte gehört, die Technik der Föderation hat die Signale falsch in Geräusche gewandelt. Und da kam eben eine richtig schöne Musik heraus."

Nlhanlm hielt die Signale also für eine friedvolle Melodie. Den schlimmeren Irrtum begingen aber die Fremden: Sie hielten die Nugroma für friedlich und hatten versucht, sich mit ihnen zu verständigen. Dazu sendeten sie von klugen Köpfen erdachte Botschaften und mit deren Hilfe gelang es dem nugromischen Computer schließlich, einen Schlüssel zu finden und eine Audio-Verbindung mit dem fremden Schiff herzustellen.

N'Kogh Nsoi bemühte sich, seinen Worten einen möglichst freundlichen Klang zu geben, als er zu den Fremden sprach. „Hier ist Captain N'Kogh Nsoi vom Patrouillenschiff Schajo Cha Ngoi", sagte er und grinste seinen Kanonier, der ihn erstaunt anblickte, mit Verschörermine an. „Fremdes Schiff, Sie sind in das Hoheitsgebiet des Nugromischen Großreiches eingedrungen! Bitte identifizieren Sie sich!"

„Aber du hast gesagt, das war Niemandsland!"
„Das war es ja auch, N'Kogh Nsoi hat gelogen."
„War er damals noch böse?"
„Naja – er war eben ein Nugroma und die Nugroma waren damals noch unsere Feinde."
„Und die Fremden?"
„Na warte, das will ich doch erzählen ..."

„Bitte identifizieren Sie sich!", sagte N'Kogh Nsoi. Ein Knistern und Rauschen erklang und dann kam die Antwort: „Hope an Schajo Cha Ngoi! Hier spricht Captain Igor Torrence. Wir bedauern die Verletzung Ihrer Grenzen, aber wir kommen von weit her und wussten nichts von der Existenz Ihres Großreiches. Unsere Heimat ist die Erde, dritter Planet des Sterns Sonne. Wir kommen in freundlicher Mission. Unser Schiff ist ein Forschungsschiff. Wir sind die ersten unseres Volkes, die bis in dieses Raumgebiet gelangen konnten, und sind glücklich, in Ihnen zum ersten Mal einer so hoch entwickelten Zivilisation zu begegnen. Wir möchten mit Ihrem Volk freundschaftlichen Kontakt aufnehmen. Torrence Ende."

„War'n das Menschen?"

„Was denkst du?"

„Wenn sie von der Erde kommen, bestimmt. Aber Menschen sind doch nicht dumm. Warum verraten sie den Bösen, wo sie herkommen?"

„Sie wussten ja nicht, dass die Nugroma böse waren. Vielleicht dachten sie, dass eine Zivilisation, die so weit entwickelt ist, dass sie so gute Raumschiffe hat, gut sein muss."

„Das ist doch aber dumm."

„Na, sagen wir lieber, es war ein Irrtum. Den Nugroma kam das natürlich gerade recht …"

N'Kogh Nsoi rieb sich befriedigt die Hände und bestätigte den Empfang der Antwort. Er bat im höflichsten Ton, den er anschlagen konnte, die Wesen von der Erde um Entschuldigung für die etwas barschen Worte, versicherte sie des freundschaftlichen Entgegenkommens seitens des Nugromischen Großreiches und erkundigte sich bei dieser Gelegenheit gleich nach den genauen Koordinaten des Heimatsystems der Erde-Leute.

In der Zeit, die die Menschen und die Nugroma benötigten, um die verwendeten Koordinatensysteme ineinander zu überführen, gelang es dem Bordrechner der Imte Rish endlich, die ausgetauschten Botschaften zu entschlüsseln und ein eigenes Übersetzungsprogramm zu installieren. Talikisi Oina schaltete die Brückenlautsprecher gerade in dem Moment ein, in dem N'Kogh Nsoi den anderen Captain um die Erlaubnis bat, mit einer Abordnung auf dessen Schiff zu kommen ...

„Au weia!"

Igor Torrence bat um etwas Geduld. Er verwies darauf, dass ein solcher Schritt durch gewisse Untersuchungen zur biologischen Verträglichkeit abgesichert werden müsse ...

„Das verstehe ich nicht."
„Wenn zwei Spezies aufeinander treffen, dann kann es sein, dass sie sich gegenseitig krank machen."
„Wie beim Gift-Panstoner?"
„So ähnlich, Schatz."
„Und was haben die Menschen da gemacht?"
„Sie haben sich zum Vergleichen alle biochemischen Daten von den Nugroma schicken lassen. Und umgekehrt."

Während die Nugroma und die Fremden also alle nötigen Daten austauschten und durch ihre Computer laufen ließen, grübelte Kral Botmur a Sik darüber nach, was er von dem ungewohnt freundlichen Tonfall des nugromischen Kommandanten halten sollte.

„Captain!", unterbrach Terinest Kalo a Na seine Gedanken. „Ich habe die Heimatwelt der Fremden lokalisiert. Es handelt sich um Padda Seru fünf. Ein gelber Stern der Takla-Klasse."

„Padda Seru fünf?", vergewisserte sich Kral Botmur a Sik. „Das ist fast achtzigtausend Il von hier entfernt."

„80403", korrigierte Silakoian Ysh vorsichtig. „Das sind nur 971 Il weniger als die maximale Entfernung der offiziellen Förderationsgrenze vom geometischen Mittelpunkt unseres Gebietes."

Kral Botmur a Sik sah den Ersten Navigator fragend an. „Und was schlussfolgern Sie daraus?"

„Nichts, Captain", beeilte sich der Famayaner zu beteuern. „Es war nur eine Feststellung. Aber möglicherweise haben wir es hier mit Vertretern eines noch unbekannten Sternenreiches zu tun. Wenngleich es unwahrscheinlich ist, dass wir noch nie von einer solchen Macht in diesem Sektor gehört haben sollten."

Nlhanlm verwies auf die Worte der Fremden, dass dieses Schiff das erste ihrer Flotte war, welches so weit in den Raum vordringen konnte. „Vielleicht", meinte er, „hat diese Spezies noch nicht einmal ihr eigenes Sonnensystem vollständig besiedelt. Ich erinnere daran, Captain, dass die Sietelaner zu Beginn ihrer Raumfahrtgeschichte, als sie gerade begonnen hatten, die Nachbarplaneten von Sietel umzugestalten, bereits Generationenschiffe in weit entfernte Sektoren entsandten."

„Danke, Nhlanlm", erwiderte Kral Botmur a Sik, „ich kenne die Geschichte meines Planeten."

„Captain!", mischte sich die Sicherheitschefin in das Gespräch. „Ich mache Sie darauf aufmerksam, dass es für die Föderation in jedem Falle ungünstig wäre, wenn das Nugromische Großreich in diesem Sektor einen Verbündeten gewinnen würde. Die würden uns in die Zange nehmen."

„Was schlagen Sie vor?", fragte der Captain

„Wir müssen ein solches Bündnis verhindern! Um jeden Preis!"

„Genau!"

„Naja, soo einfach ist das nicht …"

Kral Botmur a Sik sah Nera Stegen a Zerkermann überrascht an. „Ich verstehe Ihre Besorgnis, aber ‚um jeden Preis'?"

„Selbst wenn die Erdbewohner keine gefährliche Militärmacht sein sollten, könnten die Nugroma von Padda Seru fünf aus ein großes und sowohl ökonomisch als auch militärstrategisch sehr günstiges Gebiet kontrollieren."

„Ich weiß", sagte Kral Botmur a Sik, „aber nach den Gesetzen der Föderation hat jedes Volk das Recht, selbst über seine Zukunft und also auch über seine Bündnispartner zu entscheiden."

Nera Stegen a Zerkermann stützte sich auf ihr Pult und beugte sich angriffslustig zum Captain hinüber. Ihre Augen blitzten, als sie sagte: „Ich bezweifle, dass die Nugroma das ebenso sehen und den Fremden die Möglichkeit einer Wahl lassen."

Kral Botmur a Sik baute sich vor ihr auf. Ihre Gesichter waren nur eine Handbreit voneinander entfernt. Er blitzte zurück und zischte: „Wollen Sie den Kreuzer vor den Augen der Erdlinge abschießen, a Zerkermann?!"

„Wenn es sein muss!"

„Und muss es sein?"

Nera Stegen a Zerkermann knurrte, richtete sich aber auf und sagte, um Beherrschung ringend: „Nein."

„Gut!", meinte der Captain und …

„Großvater, streiten sich Sietelaner oft?"

„Nein, mein Schatz. Die beiden haben auch nicht wirklich gestritten. Sie … Sie sind nur ein bisschen lauter geworden, das passiert bei so stolzen Wesen eben manchmal."

Kral Botmur a Sik wandte sich dem Bildschirm zu. „Talikisi Oina", sagte er, ohne sich umzudrehen, „stellen Sie eine Verbindung zu den Fremden her! Versuchen Sie, den Nugroma das Anpeilen unseres Signals zu erschweren!"

„Ich gebe mir Mühe."

Während der Kommunikationsoffizier der Imte Rish also versuchte, durch den Tarnschirm hindurch eine nicht anpeilbare aber verständliche Botschaft an die Fremden zu schicken, bekam der Captain der Fremden von seinem Kommunikationsoffizier die Meldung, dass sie eventuell einen Bildkontakt zu den Nugroma herstellen könnten.

„Dann tun Sie das", sagte der Menschen-Captain enthusiastisch.

„Aye aye, Sir!", antwortete die junge Frau und startete soetwas wie eine Testbildübertragung.

Der nugromische Kommunikationsoffizier riss erstaunt die Augen auf, als die Grafik auf seinem Schirm erschien. „Captain?"

N'Kogh Nsoi, der sich gerade zufrieden über die Entwicklung die Hände rieb, schlenderte gemächlich an das Kommunikationspult heran und blickte dem Mann über die Schulter. Er sah auf die Anordnung geometrischer Strukturen und runzelte die Stirn. „Was ist das denn?" Die Antwort erhielt er von den Menschen selbst: Sie hatten eine Erklärung per Ton mitgeliefert, welche nun zu hören war.

Die Falten auf N'Kogh Nsois Stirn vertieften sich. Er grummelte: „Wie haben die es geschafft, ohne Hilfe in unseren Video-Teil zu kommen?" Dann bemerkte er den fragenden Blick seines Kommunikationsoffiziers und er befal ihm, den Empfang der Sendung zu bestätigen.

„Sichtkontakt herstellen?", vergewisserte sich der Mann.

„Noch nicht", bekam er zur Antwort.

Dann traf auch schon die erste Bildübertragung aus dem fremden Schiff ein.

Auch auf der Imte Rish kamen die Bilder der Menschen an.

„Ein Koro!", entfuhr es Nera Stegen a Zerkermann. Tatsächlich sah der Mann, dessen Gesicht jetzt den ganzen Bildschirm füllte, einem Koro sehr ähnlich. Er hatte das helle, aber weder weiße noch gelbe Haar, die typischen Augen mit der hellgrauen

Iris und die für den Durchschnitt humanoider Rassen nahezu weichen Züge. Und wie alle Kori und viele andere taschlenn Völker – zum Beispiel die Sietelaner, Famayaner und Lhalm – hatte der Captain des fremden Schiffes eine helle, sanft sonnengebräunte Haut.

„Großvater, ich weiß doch, wie Menschen aussehen!"

„Ja, aber die Leute auf der Imte Rish wussten das nicht. Sie haben natürlich erstmal Vergleiche angestellt. Einige dachten, es ist gar keine neue Spezies. N'Kogh Nsoi vermutete sogar einen Moment lang, in eine Falle der Föderation getappt zu sein. Warte mal, wie hatte er es doch gleich in seinen Memoiren geschrieben? So ungefähr: ..."

Bei den Bildern vom Erden-Schiff wurde dem Nugroma-Captain mulmig: Captain Igor Torrence trat etwas zurück, um sich in den Kommandosessel zu setzen. Direkt hinter diesem Sessel stand eine junge Frau mit tiefdunkler Haut und ganz kurzen weißen Haaren, rechts vorn, wo bei Nugromaschiffen gewöhnlich der Erste Navigator saß, bediente hier ein nahezu weißhäutiger Mann mit kupferrotem Haar eine Gerätekonsole, neben sich – vielleicht als Kontrolleur oder Schüler – einen Glatzkopf mit buschigen Augenbrauen und kantigem Gesicht. Der Glatzkopf drehte sich kurz zu einem schmächtigen Männlein um, das eben ins Blickfeld eilte und dessen gelblicher Teint an einen Grianakano erinnerte, während die Augen mit der Lidfalte den Gedanken an einen Shlk nahelegten. Kommunikationsoffizier des Schiffes schien die junge Frau links neben dem Captain zu sein, denn sie hatte ihr langes schwarzes Haar ein wenig zurückgelegt und hielt sich etwas ans Ohr, das ein Einzellautsprecher sein konnte. Dabei blickte sie mit tiefschwarzen großen Augen zum Captain herüber.

Wie gesagt: Auf der Imte Rish konnte man dasselbe sehen, aber die Crew hatte überhaupt kein mulmiges Gefühl. Im Gegenteil, die Menschen waren ihnen irgendwie sofort sympathisch.

„Ich bin Igor Torrence", übersetzten die Computer der Imte Rish und der Schajo Cha Ngoi. „Und das", Igor Torrence machte eine den Brückenraum umfassende Geste, „ist meine Crew. Können Sie uns sehen, Schajo Cha Ngoi?"

N'Kogh Nsoi hob die buschigen Brauen und überlegte, was er tun sollte.

Kral Botmur a Sik beugte sich in seinem Sessel vor, als könne er so besser sehen.

Igor Torrence drehte sich zu seinem Kommunikationsoffizier Roxana Collet herum und hörte sie verunsichert sagen: „Ich habe hier eine Sendung eines … eh … Föderationsschiffes."

N'Kogh Nsoi sprang auf und stürzte zum Kommunikationspult. „Von wo?", bellte er, und während sein Offizier versuchte, das Signal anzupeilen, sah Kral Botmur a Sik den Captain des Erden-Schiffes zu der Frau mit den schwarzen Haaren gehen, sich über ihre Konsole beugen und sich dann zur Kamera umdrehen, so dass er nun direkt auf die Brücke der Imte Rish zu blicken schien. Igor Torrence lauschte offensichtlich auf etwas und begann dann zu staunen.

„Sie haben unser Signal empfangen", kommentierte Talikisi Oina.

„Ein Föderationsschiff?", staunte der nugromische Kommunikationsoffizier. „Aber ..."

Igor Torrence sagte: „Hope an Imte Rish! Wir haben Ihre Nachricht erhalten."

„Verflucht!", schimpfte N'Kogh Nsoi. „Die Imte Rish hat uns gerade noch gefehlt!" Und er brüllte seinen Komm-Mann an, dass er endlich die Koordinaten des Föderationskreuzers herausfinden solle.

Inzwischen versuchte Igor Torrence, sich ein Bild von der Situation zu machen. „Imte Rish? Wo sind Sie?", fragte er.

Talikisi Oina sah Kral Botmur a Sik an und erhielt ein verneinendes Abwinken zur Antwort.

„Imte Rish!", wiederholte Igor Torrence eindringlich. „Wo sind Sie? Wir können Sie nicht orten!"

„Na kommt schon!", knurrte N'Kogh Nsoi. „Sagt schon, wo ihr euch versteckt habt!"

Kral Botmur a Sik nickte Talikisi Oina kurz zu und sagte: „Imte Rish an Hope! Wir können unsere Position nicht preisgeben, da wir damit rechnen müssen, von der Schajo Cha Ngoi unter Beschuss genommen zu werden."

„Un... Wie bitte?", entfuhr es Igor Torrence und sein Gesichtsausdruck offenbarte eine Mischung aus Verwirrung, Erkenntnis und wachsendem Unbehagen. Kral Botmur a Sik konnte das seinem Kollegen gut nachfühlen. Es war schon eine wenig erfreuliche Situation, sich im Krieg mit jemandem zu befinden – aber sich plötzlich mitten auf dem Schlachtfeld zwischen den Fronten völlig unbekannter Gegner zu wissen, war mehr als das. Es war haarsträubend und jedes intelligente Wesen – Raumschiffkommandant oder nicht – würde schnellstens das Weite suchen.

Natürlich war sich auch N'Kogh Nsoi darüber im Klaren und er tat das einzig Vernünftige in dieser Lage. Jedenfalls aus nugromischer Sicht vernünftig, denn Kral Botmur a Sik und seine Leute fanden es nicht ganz so gut, plötzlich den Nugroma auf dem Bildschirm zu haben und ihn sagen zu hören: „N'Kogh Nsoi an Igor Torrence! Sie hatten eben Kontakt mit einem Schiff unserer Feinde, die nur mit der Absicht hier sein können, uns anzugreifen oder zu einem Angriff zu provozieren. Ich empfehle Ihnen, Captain, diese Banditen einfach zu ignorieren, sonst laufen Sie Gefahr, dass man Sie und Ihr Schiff dazu benutzt, Ihre Heimatwelt zu erobern."

„So ein Mistkerl!", fluchte Nera Stegen a Zerkermann.

Kral Botmur a Sik winkte seinem Kommunikationsoffizier und sagte: „Captain Igor Torrence! N'Kogh Nsoi lügt. Nicht wir sind in das Gebiet der Nugroma eingedrungen, sondern die …"

„Captain", wurde er von Talikisi Oina unterbrochen, „die Nugroma stören die Sendung."

„… und sie haben uns angepeilt", ergänzte Silakoian Ysh.

„… und sie haben ein Beiboot ausgesetzt", fügte Terinest Kalo a Na hinzu. „Es nimmt Kurs auf die Hope."

„Na gut", brummte Kral Botmur a Sik. „Ihr habt uns zwar nicht eingeladen, wir kommen aber trotzdem. Ysh, bringen Sie uns zu dem Stelldichein! Kalo a Na, wir verlassen die Deckung! Oina, Sie versuchen, die Störwand zu durchdringen! Und sorgen Sie dafür, dass wir die Kommunikation zwischen den Nugroma und den Erdlingen verfolgen können!"

„In Ordnung, Captain", bestätigte der Famayaner und machte sich an die Arbeit.

Inzwischen war bei den Menschen die Bildübertragung von den Nugroma sichtbar.

„Mein Gott, ist der hässlich", sagte der Zweite Offizier Jason Boor und verzog angewidert das Gesicht, so dass sich seine buschigen Brauen über der Nasenwurzel fast berührten.

„Er sieht kriegerisch aus", meinte Yongbo Tian. Der Arzt verglich das Gesicht des Nugroma insgeheim mit den Figuren japanischer Krieger, die er im Museum Traditioneller Geschichte in Hua-lien gesehen hatte. Der Außerirdische wirkte allerdings noch düsterer. Yongbo Tian schob diesen Effekt auf die breite, schildartige Stirn, unter deren vorgewölbten Brauenwülsten die Augen fast verschwanden.

„Großvater, was ist ein japischer Krieger?"

„Japanischer Krieger, Schatz. Japan ist ein Gebiet auf der Erde, das für seine Krieger berühmt war."

„Weißt du das aus deinen Menschenbüchern?"

„Unter anderem."

„Finden Menschen andere Spezies immer hässlich?"

„Aber nein. Das weißt du aber selbst, du hast doch menschliche Mitschüler. Finden die dich hässlich?"

„Nein. Aber Ottmann hat letztens zu Trkst gesagt, er sei hässlich. Dabei kann Trkst doch nichts dafür, dass er ein Insektoid ist, stimmt's, Großvater?"

„Stimmt. Und Ottmann hat das bestimmt auch nicht so gemeint, er war sicher nur grade ein bisschen wütend auf Trkst. – Soll ich jetzt weiter erzählen? – Also ..."

„Ich empfehle Ihnen", sagte der Captain des nugromischen Schiffes, „die Banditen einfach zu ignorieren, sonst laufen Sie Gefahr, dass man Sie und Ihr Schiff dazu benutzt, Ihre Heimatwelt zu erobern. Wir bieten Ihnen unsere Hilfe an."

„Danke", entgegnete Captain Igor Torrence und wollte gerade fragen, was sich sein Kollege unter „Hilfe" konkret vorstellte, als Isaac Sauders – das war der Mann mit der hellen Haut und den roten Haaren – vom Navigationspult her meldete: „Sir! Ich erhalte ein Ortungssignal von einem weiteren Schiff. Koordinaten fünfundvierzig, minus zwölf. Entfernung 85 und rapide sinkend."

„Die Imte Rish?", vermutete Dorinda Bourdy, der Erste Offizier der Hope, und trat näher an ihr Pult.

„Mit an Sicherheit grenzender Wahrscheinlichkeit", stimmte Igor Torrence ihr zu und starrte nachdenklich auf den herannahenden Ortungsreflex. „Kontakt zur Imte Rish?", fragte er in den Raum hinein.

Roxana Collet wusste natürlich, dass die Frage ihr galt. Sie lauschte in ihren Kopfhörer und schüttelte den Kopf. „Nein, Sir, die Signale werden offenbar gestört."

„Gestört?" Igor Torrence drehte sich fast gemächlich um. Er versuchte, das ganze Durcheinander ein wenig zu sortieren und zu verstehen, was da draußen vorging. Ergebnis dieser Überlegungen war der

Entschluss, die Nugroma auf keinen Fall an Bord zu lassen, denn irgendwie stank es ihm mächtig, dass sie sich so eifrig bemühten, kein Gespräch mit der Imte Rish zuzulassen.

„Sir?", meldete sich Roxana Collet und Igor Torrence sah die Frau an. „Sir, die Nugroma bitten darum, an Bord kommen zu dürfen."

„Keine Antwort", sagte der Captain.

„Aber Sir! Sie sind schon auf dem Weg zu uns."

„Ach ja?", machte Igor Torrence und sah zu Jason Boor, der kopfschüttelnd sein Pult betrachtete. „Ihr Shuttle muss winzig sein, hier ist so gut wie nichts zu sehen. Nur ein Pünktchen. Wenn das ein Boot ist, will ich da nicht eingeklemmt drin hocken."

„Entfernung?"

„Bei …" Jason Boor stutzte. „Nicht zu bestimmen, Sir. Sie benutzen wohl sowas wie eine Tarnung. Vielleicht", er sah seinen Captain an, „irre ich mich deshalb auch in der Größe."

„Schutzschild!", befahl Igor Torrence. Das war zwar nur als Meteoritenschutz gedacht und nicht als Abwehr gegen die Waffen hoch entwickelter Kreuzer, aber Igor Torrence dachte, es sei immerhin besser als nichts. Er wurde angenehm überrascht, denn obwohl der Schutzschirm die Videosignale etwas verzerrte, erkannte Igor Torrence, dass N'Kogh Nsoi völlig verdattert herumfuhr und verdutzt auf ein Pult starrte.

Dorinda Bourdy lächelte. „Sie haben uns offenbar verloren, Sir", schmunzelte sie. „Unser Schutzschild wirkt bei ihren Sensoren wohl wie eine Tarnblase."

„Dann nichts wie weg von hier!", entgegnete der Captain. „Ehe die Typen uns wiederfinden."

„Das hast du dir ausgedacht!"

„Was?"

„Ein Held fliegt nicht einfach weg!"

„In Märchen vielleicht nicht, aber das ist eine wahre Geschichte. Igor Torrence wusste, dass sein Schiff nur ganz, ganz wenige Waffen hatte. Er hätte keine Chance gehabt."

„Und warum hatten die so wenig Waffen?"

„Weil die Hope ein Forschungsschiff war. Die Menschen hatten nicht gedacht, dass sie in kriegerische Handlungen verwickelt werden könnten."

„Das war nicht klug, oder?"

„Nein, nicht besonders. Aber es war ihr erstes Galaxy-Ship, die Schiffe vorher waren noch nie so weit geflogen."

„Und deshalb sind die Menschen abgehauen."

„Sie hatten es zumindest vor, aber dann ..."

„Imte Rish an Hope", ertönte es in diesem Moment aus den Lautsprechern mit solcher Intensität, dass die Brückencrew der GS 1 zusammenfuhr. Roxana Collet regelte hastig nach und die folgenden Worte klangen nun mit normaler Lautstärke. „Captain Kral Botmur a Sik an Captain Igor Torrence! Sie sind nur unvollständig getarnt! Nutzen Sie den Aufschub und bringen Sie Ihr Schiff in Sicherheit! Überlassen Sie die nugromischen Grenzverletzer uns!"

Igor Torrence befahl seinem Navigator Isaac Sauders, sofort reisaus zu nehmen. Die Imte Rish jagte heran und war im Begriff, sich schützend zwischen den Nugroma-Kreuzer und die Hope zu schieben, als N'Kogh Nsoi Feuerbefehl gab und ein Torpedo knapp am Föderationsschiff vorbei auf den Schutzschirm der GS1 Hope knallte und die Menschen heftig durchschüttelte.

Doch der Schirm hielt. Zum Erstaunen von Igor Torrence und zu noch größerer Verwunderung von Kral Botmur a Sik, der die Hope schon hatte in Fetzen fliegen sehen.

N'Kogh Nsoi erholte sich am schnellsten von dem allgemeinen Staunen und rückte dem Erd-Schiff mit einer vollen Salve Torpedos und Dauerlaser zu Leibe. Das meiste davon steckte die Imte Rish ein, die inzwischen heran gekommen war.

Die Menschen, die sich nach den ersten Schlägen aufgerappelt hatten, hörten, wie N'Kogh Nsoi sich und seine Leute erneut als Verteidiger der Grenzen ihres Reiches hinzustellen versuchte, und rechneten schon damit, dass die Imte Rish die Schajo Cha Ngoi aus dem All fegen würde. Tat sie aber nicht. Statt dessen forderte Kral Botmur a Sik die Nugroma auf, sich zu ergeben und ihr Schiff der Föderation auszuliefern.

„Unklug", murmelte Dorinda Bourdy kopfschüttelnd.

„Oder er ist sich seiner Überlegenheit sicher", entgegnete Igor Torrence mit leiser Bewunderung in der Stimme.

„Niemals!", brüllte N'Kogh Nsoi und nahm die Imte Rish unter Beschuss, sodass sie ins Taumeln geriet.

Igor Torrence rief: „Strahler an und auf den Kreuzer, Mr. Boor!" und der Mann am Copilotenpult lenkte die Zielerfassung des Pulsers, der normalerweise Asteroiden zertrümmern sollte, auf die Schajo Cha Ngoi.

Die Nugroma wurden schwer getroffen, aber sie gaben nicht auf. Sie feuerten aus allen Rohren auf die beiden Schiffe. Es sah tatsächlich so aus, als würden sie doch noch gewinnen: Die Imte Rish erhielt einen Volltreffer in einen der beiden Maschinenräume, sie begann noch stärker zu schlingern, so dass kaum noch gezielte Schüsse möglich waren. Rund um die Hope gab es ein Feuerwerk durch die am Schutzschild explodierenden Geschosse und das Schiff wurde ein paarmal hin und her gerissen. Außerdem ging den Menschen langsam die Energie aus, um den Schild aufrecht zu erhalten. Der Sieg der Nugroma schien nur noch eine Frage der Zeit zu sein.

Doch die Nugroma hatten nicht mit dem Kampfesmut der Menschen gerechnet. Gerade als N'Kogh Nsoi den Feuerbefehl für eine weitere Torpedosalve gab, ließ Igor Torrence noch einmal den Pulser mit voller Energie abfeuern. Die meisten der Torpedos wurden getroffen und explodierten in sicherer Entfernung von Hope und Imte Rish. Dadurch bekam Kral Botmur a Sik einen kleinen zeitlichen Aufschub, den er nutzte, um die Schajo Cha Ngoi anzuvisieren.

Die Menschen dagegen hatten nun ein Problem: Zwei der Torpedos rasten auf sie zu und der Schutzschild hatte kaum noch Energie. Der erste Torpedo schlug ein und erschütterte die Hope. Dorinda Bourdy eilte zum Sessel von Igor Torrence, der zu Boden rutschte, noch bevor sie ihn erreichte. Yongbo Tian taumelte heran, beugte sich über den Captain, und die Frau sah beim Aufblicken etwas auf die Hope zurasen. Sie hörte noch, wie Jason Boor schrie „Schild zusammengebrochen!" und dann umfing sie Nichtsein.

„Feuer!", schrie Kral Botmur a Sik und der Kreuzer der Nugroma erbebte.

Dann war es still.

Und dunkel.

Und zeitlos.

Schließlich glomm Notbeleuchtung auf und machte das Durcheinander auf der Brücke der Hope sichtbar. Stühle waren umgebrochen, Verkleidungsplatten abgefallen, Monitore gesplittert. Menschen verletzt. Schwer verletzt. Und …

„Und die Imte Rish? War da auch ein Durcheinander auf der Brücke?"

„Nein, zum Glück nicht. Sie war ja besser auf Kämpfe vorbereitet und hatte Sicherheitsvorrichtungen für solche Fälle. Bei den Menschen sah das ganz anders aus …"

Jason Boor zog sich an den Resten des Copilotenpultes hoch, sah kurz um sich und rief ein Medoteam auf die Brücke. Er achtete nicht darauf, wann es kam und was es tat, sondern versuchte, sich einen Überblick über die noch verbliebenen Funktionen des Schiffes zu verschaffen. Er stellte fest, dass die Lage ziemlich schlecht, aber nicht hoffnungslos war, und fand erst jetzt Zeit, in der Krankenstation nach dem Befinden des Captains und des Ersten Offiziers zu fragen.

Die Auskunft war niederschmetternd: Dorinda Bourdy war eben an ihren Verletzungen gestorben und der Captain schwebte noch immer in Lebensgefahr. Boor war einen Moment lang versucht, zu fragen, ob man in der Medoabteilung etwas über den Zustand seiner Frau Sylvia wüsste, aber er rief sich zur Ordnung. Nach dem Ausfall von Igor Torrence und des Ersten Offiziers rückte er als Zweiter Offizier an die Spitze der Befehlskette, und als solcher hatte er sich jetzt vor allen Dingen um die Funktionsfähigkeit des Schiffes zu kümmern.

Roxana Collet, die offenbar unverletzt geblieben war, kündigte einen Ruf von der Imte Rish an. Jason Boor nickte und die Frau öffnete den Kanal.

Auf dem großen Bildschirm an der Vorderfront der Brücke erschien ein Gesicht. Es hatte etwas Katzenhaftes, gehörte aber unverkennbar einem humanoiden Lebewesen.

„Ich bin Kral Botmur a Sik", sagte das Gesicht, „Captain des Föderationskreuzers Imte Rish. Benötigen Sie Hilfe?"

Jason Boor sah sich kurz auf der Brücke um. „Im Moment nicht", antwortete er dann und registrierte, dass er dem Mann auf dem Bildschirm schon wegen seines Äußeren eher vertraute als dem Nugroma. Nun ja, Jason Boor war eben ein Mensch …

„Also finden Menschen andere Spezies doch hässlich!"

„Nein nein. Es war nur ungewohnt für ihn. Außerdem geht es doch allen so, dass sie manche Leute nett finden und andere nicht so, oder? Ein bisschen schämte er sich ja auch dafür."

„Ich glaube, das denkst du dir aus. Jason Boor hat bestimmt gar nicht an sowas gedacht, der hat sich Sorgen um seine Ehefrau gemacht."

„Ach ja? Ja, vielleicht hast du sogar Recht. Soll ich zu Ende erzählen?"

„Die Schiffe sind alle kaputt, da kommt doch jetzt nichts mehr."

„Na ein kleines bisschen kommt schon noch. Die Geschichte muss ja einen Schluss haben ..."

In den kommenden Tagen nahmen die Menschen dann doch das Hilfsangebot der Imte Rish an. Die Schäden an der Hope hätten sie allein wahrscheinlich gar nicht reparieren können. Auch als Schutz blieb die Imte Rish in der Nähe, denn es war nicht klar, ob die Nugroma nicht wiedergekommen wären.

Es dauerte volle drei Wochen irdischer Rechnung, ehe die Hope wieder soweit fit gemacht werden konnte, dass sie die Heimreise antreten konnte. Das war eine sehr arbeitsreiche aber auch sehr spannende Zeit. Die Menschen hatten noch nie so viele verschiedene Spezies gesehen und das Wissen, das sie von uns bekommen konnten, packten sie in jeden freien Speicher, den sie entbehren konnten.

Aber wir bekamen auch etwas. Zum Beispiel erkannten die Techniker der Imte Rish im irdischen Schutzschildgenerator das Potential für eine neuartige Tarn-Schutz-Kombination, die nur noch einen Bruchteil der Sensoren beeinträchtigt. Auch der Pulser, eigentlich ein Räumwerkzeug, erlaubte es der Föderation, in der Folge die heute noch bekannten Pulskanonen zu entwickeln, denen die Nugroma Jahrzehntelang kaum etwas entgegen zu setzen hatten. Und von den Freundschaften, die in diesen Tagen geschlossen wurden, ganz zu schweigen. Dein

Großonkel beispielsweise ... Aber das ist eine andere Geschichte.

Tja, so war das mit der ersten Begegnung zwischen Menschen, Föderation und Nugroma. Alle Schiffe kehrten heim. N'Kogh Nsoi wurde schnell zu einem der fähigsten Captains der Nugroma, die Imte Rish und ihre Crew flogen noch viele wichtige Einsätze und die Hope kehrte zur Erde zurück. Schon von unterwegs berichtete sie von den Ereignissen, was zur Folge hatte, dass Erdenschiffe von da an mit schlagkräftiger Waffentechnik ausgestattet wurden. Die Hope selbst wurde – lädiert wie sie war – nach der Heimkehr verschrottet. Die Besatzung wechselte fast vollständig auf das eben fertig gestellte Galaxy-Schiff 5 – ohne Dorinda Bourdy, Igor Torrence und Sylvia Boor und sieben weitere Todesopfer des Nugroma-Angriffs.

Dies hier war auch ihre Geschichte und ich, ein Lhalm, habe sie erzählt.

„Großvater?"

„Ja, mein Schatz?"

„Das war eine blöde Geschichte."

„Ach! Und warum?"

„Weil die alle so viel geredet haben und so viel Unsinn gemacht haben. Und richtige Helden gab's auch nicht."

„Naja, du wolltest eine wahre Geschichte hören. Und in Wahrheit gibt es eben viel weniger Helden, als man denkt. Und die meisten großen Sachen fangen mit einem Irrtum an. Das ist ... Wo willst du denn hin?"

„Ottmanns Mama macht Cranberrie-Kuchen und ich darf hinkommen."

„Na dann lauf, Schatz! – Ach ja, Kinder …"

Nachwort

Diese drei Geschichten schildern Ereignisse, die mehr oder weniger eng mit der Handlung des Romanes „Zweisam oder Die Sache mit Akakor" zu tun haben. Sie spielen an ganz verschiedenen Orten und zu unterschiedlichen Zeiten.

Schauplatz von „Sabotage" ist der Planet Warén in der Anfangszeit seiner Besiedlung durch die nahezu menschengleichen Kara.

Ebenfalls lange zurück liegt das Geschehen, dass in „Der letzte Tag im Paradies" erzählt wird. Der Planet, von dem hier die Rede ist, wird später von den Menschen Akakor genannt.

Akakor wird von der Besatzung des Galaxy-Ships 5 Explorer entdeckt. Zu dieser gehören Überlebende der GS 1 Hope, deren Schicksal in der Geschichte „Am Anfang war der Irrtum" erzählt wird.

Zur Besatzung der GS 5 gehören aber auch Waréner und mit Captain Brauer jemand, der bei der Entdeckung des Planeten durch die Menschen dabei war. Diese Ereignisse sind im Roman „Warén" nachlesbar.

Mehr Informationen rund um die Warén-Welt bekommen Sie unter www.jonRomane.de.

Die Erzählung „Der letzte Tag im Paradies" ist 2014 bereits in der Anthologie „Am Ende des Regens" erschienen, eine Sammlung, die von fantasyguide.de zusammengestellt wurde. Die Erzählung „Sabotage" erschien 2004 in der Leselupen-Bücherei, SF-Band 1, „Man gönnt sich ja sonst nichts".

„Am Anfang war der Irrtum" gibt es auch als E-Book.

Impressum

Autor: Ulrike Jonack / jon
Titelbild: Berthold Sachsenmaier
Herstellung und Verlag: BoD - Books on Demand; Norderstedt (2016)

ISBN: 9783741239229